Gröls Verlage

„Bücher sind wie Fallschirme. Sie nützen uns nichts, wenn wir sie nicht öffnen."

Gröls Verlag

Redaktionelle Hinweise und Impressum

Das vorliegende Werk wurde zugunsten der Authentizität sehr zurückhaltend bearbeitet. So wurden etwa ursprüngliche Rechtschreibfehler *nicht* systematisch behoben, denn kleine Unvollkommenheiten machen das Buch – wie im Übrigen den Menschen – erst authentisch. Mitunter wurden jedoch zum Beispiel Absätze behutsam neu getrennt, um den Lesefluss zu erleichtern.

Um die Texte zu rekonstruieren, werden antiquarische Bücher von Lesegeräten gescannt und dann durch eine Software lesbar gemacht. Der so entstandene Text wird von Menschen gegengelesen und korrigiert – hierbei treten auch Fehler auf. Wenn Sie ebenfalls antiquarische Texte einreichen möchten, finden Sie weitere Informationen auf www.groels.de

Viel Freude bei der Lektüre wünscht Ihnen das Team des Gröls-Verlags.

Adressen

Verleger: Sophia Gröls, Im Borngrund 26, 61440 Oberursel

Externer Dienstleister für Distribution & Herstellung: BoD, In de Tarpen 42, 22848 Norderstedt

Unsere „Edition | Werke der Weltliteratur" hat den Anspruch, eine der größten und vollständigsten Sammlungen klassischer Literatur in deutscher Sprache zu sein. Nach und nach versammeln wir hier nicht nur die „üblichen Verdächtigen" von Goethe bis Schiller, sondern auch Kleinode der vergangenen Jahrhunderte, die – zu Unrecht – drohen, in Vergessenheit zu geraten. Wir kultivieren und kuratieren damit einen der wertvollsten Bereiche der abendländischen Kultur. Kleine Auswahl:

Francis Bacon • Neues Organon • **Balzac** • Glanz und Elend der Kurtisanen • **Joachim H. Campe** • Robinson der Jüngere • **Dante Alighieri** • Die Göttliche Komödie • **Daniel Defoe** • Robinson Crusoe • **Charles Dickens** • Oliver Twist • **Denis Diderot** • Jacques der Fatalist • **Fjodor Dostojewski** • Schuld und Sühne • **Arthur Conan Doyle** • Der Hund von Baskerville • **Marie von Ebner-Eschenbach** • Das Gemeindekind • **Elisabeth von Österreich** • Das Poetische Tagebuch • **Friedrich Engels** • Die Lage der arbeitenden Klasse • **Ludwig Feuerbach** • Das Wesen des Christentums • **Johann G. Fichte** • Reden an die deutsche Nation • **Fitzgerald** • Zärtlich ist die Nacht • **Flaubert** • Madame Bovary • **Gorch Fock** • Seefahrt ist not! • **Theodor Fontane** • Effi Briest • **Robert Musil** • Über die Dummheit • **Edgar Wallace** • Der Frosch mit der Maske • **Jakob Wassermann** • Der Fall Maurizius • **Oscar Wilde** • Das Bildnis des Dorian Grey • **Émile Zola** • Germinal • **Stefan Zweig** • Schachnovelle • **Hugo von Hofmannsthal** • Der Tor und der Tod • **Anton Tschechow** • Ein Heiratsantrag • **Arthur Schnitzler** • Reigen • **Friedrich Schiller** • Kabale und Liebe • **Nicolo Machiavelli** • Der Fürst • **Gotthold E. Lessing** • Nathan der Weise • **Augustinus** • Die Bekenntnisse des heiligen Augustinus • **Marcus Aurelius** • Selbstbetrachtungen • **Charles Baudelaire** • Die Blumen des Bösen • **Harriett Stowe** • Onkel Toms Hütte • **Walter Benjamin** • Deutsche Menschen • **Hugo Bettauer** • Die Stadt ohne Juden • **Lewis Caroll** • *und viele mehr....*

Ernst Theodor Amadeus Hoffmann

Klein Zaches genannt Zinnober

Inhalt

Erstes Kapitel 6
Zweites Kapitel 19
Drittes Kapitel 31
Viertes Kapitel 43
Fünftes Kapitel 51
Sechstes Kapitel 65
Siebentes Kapitel 77
Achtes Kapitel 86
Neuntes Kapitel 95
Letztes Kapitel 107

Erstes Kapitel

Der kleine Wechselbalg. – Dringende Gefahr einer Pfarrersnase. – Wie Fürst Paphnutius in seinem Lande die Aufklärung einführte und die Fee Rosabelverde in ein Fräuleinstift kam.

Unfern eines anmutigen Dorfes, hart am Wege, lag auf dem von der Sonnenglut erhitzten Boden hingestreckt ein armes zerlumptes Bauerweib. Vom Hunger gequält, vor Durst lechzend, ganz verschmachtet, war die Unglückliche unter der Last des im Korbe hoch aufgetürmten dürren Holzes, das sie im Walde unter den Bäumen und Sträuchern mühsam aufgelesen, niedergesunken, und da sie kaum zu atmen vermochte, glaubte sie nicht anders, als daß sie nun wohl sterben, so sich aber ihr trostloses Elend auf einmal enden werde. Doch gewann sie bald so viel Kraft, die Stricke, womit sie den Holzkorb auf ihrem Rücken befestigt, loszunesteln und sich langsam heraufzuschieben auf einen Grasfleck, der gerade in der Nähe stand. Da brach sie nun aus in laute Klagen: „Muß," jammerte sie, „muß mich und meinen armen Mann allein denn alle Not und alles Elend treffen? Sind wir denn nicht im ganzen Dorfe die einzigen, die aller Arbeit, alles sauer vergessenen Schweißes ungeachtet in steter Armut bleiben und kaum so viel erwerben, um unsern Hunger zu stillen? – Vor drei Jahren, als mein Mann beim Umgraben unseres Gartens die Goldstücke in der Erde fand, ja, da glaubten wir, das Glück sei endlich eingekehrt bei uns und nun kämen die guten Tage; aber was geschah! – Diebe stahlen das Geld, Haus und Scheune brannten uns über dem Kopfe weg, das Getreide auf dem Acker zerschlug der Hagel, und um das Maß unseres Herzeleids vollzumachen bis über den Rand, strafte uns der Himmel noch mit diesem kleinen Wechselbalg, den ich zu Schand' und Spott des ganzen Dorfs gebar. – Zu St.-Laurenztag ist nun der Junge drittehalb Jahre gewesen und kann auf seinen Spinnenbeinchen nicht stehen, nicht gehen und knurrt und miaut, statt zu reden, wie eine Katze. Und dabei frißt die unselige Mißgeburt wie der stärkste Knabe von wenigstens acht Jahren, ohne daß es ihm im mindesten was anschlägt. Gott erbarme sich über ihn und über uns, daß wir den Jungen großfüttern müssen uns selbst zur Qual und größerer Not; denn essen und trinken immer mehr und mehr wird der kleine Däumling wohl, aber arbeiten sein Lebetage nicht! Nein, nein, das ist mehr als ein Mensch aushalten kann auf dieser Erde! – Ach könnt' ich nur sterben – nur sterben!“ Und damit fing die Arme an zu weinen und zu schluchzen, bis sie endlich, vom Schmerz übermannt, ganz entkräftet einschlief. -

Mit Recht konnte das Weib über den abscheulichen Wechselbalg klagen, den sie vor drittehalb Jahren geboren. Das, was man auf den ersten Blick sehr gut für ein seltsam verknorpeltes Stückchen Holz hätte ansehen können, war nämlich ein kaum zwei Spannen hoher, mißgestalteter Junge, der von dem Korbe, wo er querüber gelegen, heruntergekrochen, sich jetzt knurrend im Grase wälzte. Der Kopf stak dem Dinge tief zwischen den Schultern, die Stelle des Rückens vertrat ein kürbisähnlicher Auswuchs, und gleich unter der Brust hingen die haselgertdünnen Beinchen herab, daß der Junge aussah wie ein gespalteter Rettich. Vom Gesicht konnte ein stumpfes Auge nicht viel entdecken, schärfer hinblickend, wurde man aber wohl die lange spitze Nase, die aus schwarzen struppigen Haaren hervorstarrte, und ein Paar kleine, schwarz funkelnde Äuglein gewahr, die, zumal bei den übrigens ganz alten, eingefurchten Zügen des Gesichts, ein klein Alräunchen kundzutun schienen. -

Als nun, wie gesagt, das Weib über ihren Gram in tiefen Schlaf gesunken war und ihr Söhnlein sich dicht an sie herangewälzt hatte, begab es sich, daß das Fräulein von Rosenschön, Dame des nahegelegenen Stifts, von einem Spaziergange heimkehrend, des Weges daherwandelte. Sie blieb stehen und wurde, da sie von Natur fromm und mitleidig, bei dem Anblick des Elends, der sich ihr darbot, sehr gerührt. „O du gerechter Himmel,“ fing sie an, „wieviel Jammer und Not gibt es doch auf dieser Erde! – Das unglückliche Weib! – Ich weiß, daß sie kaum das liebe Leben hat, da arbeitet sie über ihre Kräfte und ist vor Hunger und Kummer hingesunken! – Wie fühle ich jetzt erst recht empfindlich meine Armut und Ohnmacht! Ach, könnt' ich doch nur helfen, wie ich wollte! – Doch das, was mir noch übrig blieb, die wenigen Gaben, die das feindselige Verhängnis mir nicht zu rauben, nicht zu zerstören vermochte, die mir noch zu Gebote stehen, die will ich kräftig und getreu nützen, um dem Leidwesen zu steuern. Geld, hätte ich auch darüber zu gebieten, würde dir gar nichts helfen, arme Frau, sondern deinen Zustand vielleicht noch gar verschlimmern. Dir und deinem Mann, euch beiden ist nun einmal Reichtum nicht beschert, und wem Reichtum nicht beschert ist, dem verschwinden die Goldstücke aus der Tasche, er weiß selbst nicht wie, er hat davon nichts als großen Verdruß und wird, je mehr Geld ihm zuströmt, nur desto ärmer. Aber ich weiß es, mehr als alle Armut, als alle Not, nagt an deinem Herzen, daß du jenes kleine Untierchen gebarst, das sich wie eine böse unheimliche Last an dich hängt, die du durch das Leben tragen mußt. – Groß – schön – stark – verständig, ja, das alles kann der Junge nun einmal nicht werden, aber es ist ihm vielleicht noch auf andere Weise zu helfen." – Damit setzte sich das Fräulein nieder ins Gras und nahm den Kleinen auf den Schoß. Das böse Alräunchen sträubte und spreizte sich, knurrte und wollte das Fräulein in den Finger beißen, *die* sprach aber: „Ruhig, ruhig, kleiner Maikäfer!" und strich leise und linde mit der flachen Hand ihm über den Kopf von der Stirn herüber bis in den Nacken. Allmählich glättete sich während des Streichelns das struppige Haar des Kleinen aus, bis es gescheitelt, an der Stirne fest anliegend, in hübschen weichen Locken hinabwallte auf die hohen Schultern und den Kürbisrücken. Der Kleine war immer ruhiger geworden und endlich fest eingeschlafen. Da legte ihn das Fräulein Rosenschön behutsam dicht neben der Mutter hin ins Gras, besprengte diese mit einem geistigen Wasser aus dem Riechfläschchen, das sie aus der Tasche gezogen, und entfernte sich dann schnellen Schrittes.

Als die Frau bald darauf erwachte, fühlte sie sich auf wunderbare Weise erquickt und gestärkt. Es war ihr, als habe sie eine tüchtige Mahlzeit gehalten und einen guten Schluck Wein getrunken. „Ei," rief sie aus, „wie ist mir doch in dem bißchen Schlaf so viel Trost, so viel Munterkeit gekommen! – Aber die Sonne ist schon bald herab hinter den Bergen, nun fort nach Hause!" – Damit wollte sie den Korb aufpacken, vermißte aber, als sie hineinsah, den Kleinen, der in demselben Augenblick sich aus dem Grase aufrichtete und weinerlich quäkte. Als nun die Mutter sich nach ihm umschaute, schlug sie vor Erstaunen die Hände zusammen und rief – „Zaches – Klein Zaches, wer hat dir denn unterdessen die Haare so schön gekämmt! – Zaches – Klein Zaches, wie hübsch würden dir die Locken kleiden, wenn du nicht solch ein abscheulich garstiger Junge wärst! – Nun, komm nur, komm! – hinein in den Korb!" Sie wollte ihn fassen und quer über das Holz legen, da strampelte aber Klein Zaches mit den Beinen, grinste die Mutter an und miaute sehr vernehmlich: „Ich mag nicht!" – „Zaches! – Klein Zaches!" schrie die Frau ganz außer sich, „wer hat dich denn unterdessen reden gelehrt? Nun! wenn du solch schön gekämmte Haare hast, wenn du so artig redest, so wirst du auch wohl laufen können." Die Frau huckte den Korb auf den Rücken, Klein Zaches hing sich an ihre Schürze, und so ging es fort nach dem Dorfe.

Sie mußten bei dem Pfarrhause vorüber, da begab es sich, daß der Pfarrer mit seinem jüngsten Knaben, einem bildschönen goldlockigen Jungen von drei Jahren, in seiner Haustüre stand. Als der nun die Frau mit dem schweren Holzkorbe und mit Klein Zaches, der an ihrer Schürze baumelte, daherkommen sah, rief er ihr entgegen: „Guten Abend, Frau Liese, wie geht es Euch – Ihr habt ja eine gar zu schwere Bürde geladen, Ihr könnt ja kaum mehr fort, kommt her, ruht Euch ein wenig aus auf dieser Bank vor meiner Türe, meine Magd soll Euch einen frischen Trunk reichen!" – Frau Liese ließ sich das nicht zweimal sagen, sie setzte ihren Korb ab und wollte eben den Mund öffnen, um dem ehrwürdigen Herrn all ihren Jammer, ihre Not zu klagen, als Klein Zaches bei der raschen Wendung der Mutter das Gleichgewicht verlor und dem Pfarrer vor die Füße flog. Der bückte sich rasch nieder und hob den Kleinen auf, indem er sprach: „Ei, Frau Liese, Frau Liese, was habt Ihr da für einen bildschönen allerliebsten Knaben! Das ist ja ein wahrer Segen des Himmels, ein solch wunderbar schönes Kind zu besitzen." Und damit nahm er den Kleinen in die Arme und liebkoste ihn und schien es gar nicht zu bemerken, daß der unartige Däumling gar häßlich knurrte und mauzte und den ehrwürdigen Herrn sogar in die Nase beißen wollte. Aber

Frau Liese stand ganz verblüfft vor dem Geistlichen und schaute ihn an mit aufgerissenen starren Augen und wußte gar nicht, was sie denken sollte. „Ach, lieber Herr Pfarrer," begann sie endlich mit weinerlicher Stimme, „ein Mann Gottes, wie Sie, treibt doch wohl nicht seinen Spott mit einem armen unglücklichen Weibe, das der Himmel, mag er selbst wissen warum, mit diesem abscheulichen Wechselbalge gestraft hat!" „Was spricht," erwiderte der Geistliche sehr ernst, „was spricht Sie da für tolles Zeug, liebe Frau! von Spott – Wechselbalg – Strafe des Himmels – ich verstehe Sie gar nicht und weiß nur, daß Sie ganz verblendet sein muß, wenn Sie Ihren hübschen Knaben nicht recht herzlich liebt. – Küsse mich, artiger kleiner Mann!" – Der Pfarrer herzte den Kleinen, aber Zaches knurrte: „Ich mag nicht!" und schnappte aufs neue nach des Geistlichen Nase. – „Seht die arge Bestie!" rief Liese erschrocken; aber in dem Augenblick sprach der Knabe des Pfarrers: „Ach, lieber Vater, du bist so gut, du tust so schön mit den Kindern, die müssen wohl alle dich recht herzlich lieb haben!" „O hört doch nur," rief der Pfarrer, indem ihm die Augen vor Freude glänzten, „O hört doch nur, Frau Liese, den hübschen verständigen Knaben, Euren lieben Zaches, dem Ihr so übelwollt. Ich merk' es schon, Ihr werdet Euch nimmermehr was aus dem Knaben machen, sei er auch noch so hübsch und verständig. Hört, Frau Liese, überlaßt mir Euer hoffnungsvolles Kind zur Pflege und Erziehung. Bei Eurer drückenden Armut ist Euch der Knabe nur eine Last, und mir macht es Freude, ihn zu erziehen wie meinen eignen Sohn!" -

Liese konnte vor Erstaunen gar nicht zu sich selbst kommen, ein Mal über das andere rief sie: „Aber, lieber Herr Pfarrer – lieber Herr Pfarrer, ist denn das wirklich Ihr Ernst, daß Sie die kleine Ungestalt zu sich nehmen und erziehen und mich von der Not befreien wollen, die ich mit dem Wechselbalg habe?" – Doch, je mehr die Frau die abscheuliche Häßlichkeit ihres Alräunchens dem Pfarrer vorhielt, desto eifriger behauptete dieser, daß sie in ihrer tollen Verblendung gar nicht verdiene, vom Himmel mit dem herrlichen Geschenk eines solchen Wunderknaben gesegnet zu sein, bis er zuletzt ganz zornig mit Klein Zaches auf dem Arm hineinlief in das Haus und die Türe von innen verriegelte.

Da stand nun Frau Liese wie versteinert vor des Pfarrers Haustüre und wußte gar nicht, was sie von dem allem denken sollte. „Was um aller Welt willen," sprach sie zu sich selbst, „ist denn mit unserm würdigen Herrn Pfarrer geschehen, daß er in meinen Klein Zaches so ganz und gar vernarrt ist und den einfältigen Knirps für einen hübschen, verständigen Knaben hält? – Nun! helfe Gott dem lieben Herrn, er hat mir die Last von den Schultern genommen und sie sich selbst aufgeladen, mag er nun zusehen, wie er sie trägt! – Hei! wie leicht geworden ist nun der Holzkorb, da Klein Zaches nicht mehr darauf sitzt und mit ihm die schwerste Sorge!" -

Damit schritt Frau Liese, den Holzkorb auf dem Rücken, lustig und guter Dinge fort ihres Weges! - -

Wollte ich auch zurzeit noch gänzlich darüber schweigen, du würdest, günstiger Leser, dennoch wohl ahnen, daß es mit dem Stiftsfräulein von Rosenschön, oder wie sie sich sonst nannte, Rosengrünschön, eine ganz besondere Bewandtnis haben müsse. Denn nichts anders war es wohl, als die geheimnisvolle Wirkung ihres Kopfstreichelns und Haarausglättens, daß Klein Zaches von dem gutmütigen Pfarrer für ein schönes und kluges Kind angesehn und gleich wie sein eignes aufgenommen wurde. Du könntest, lieber Leser, aber doch, trotz deines vortrefflichen Scharfsinns, in falsche Vermutungen geraten oder gar zum großen Nachteil der Geschichte viele Blätter überschlagen, um nur gleich mehr von dem mystischen Stiftsfräulein zu erfahren; besser ist es daher wohl, ich erzähle dir gleich alles, was ich selbst von der würdigen Dame weiß.

Fräulein von Rosenschön war von großer Gestalt, edlem majestätischen Wuchs und etwas stolzem, gebietendem Wesen. Ihr Gesicht, mußte man es gleich vollendet schön nennen, machte, zumal wenn sie wie gewöhnlich in starrem Ernst vor sich hinschaute, einen seltsamen, beinahe unheimlichen Eindruck, was vorzüglich einem ganz besondern fremden Zuge zwischen den Augenbrauen zuzuschreiben, von dem man durchaus nicht recht wußte, ob ein Stiftsfräulein dergleichen wirklich auf der Stirne tragen könne. Dabei lag aber auch oft, vorzüglich zur Rosenzeit bei heiterm schönen Wetter, so viel Huld und Anmut in ihrem Blick, daß jeder sich von süßem unwiderstehlichen Zauber befangen fühlte. Als ich die Gnädige zum ersten- und letztenmal zu schauen das Vergnügen hatte, war sie dem Ansehen nach eine Frau in der höchsten, vollendetsten Blüte ihrer Jahre, auf der höchsten Spitze des Wendepunktes, und ich meinte, daß mir großes Glück beschieden, die Dame noch eben auf dieser Spitze zu erblicken und über ihre wunderbare Schönheit gewissermaßen zu erschrecken, welches sich dann sehr bald nicht mehr würde zutragen können. Ich war im Irrtum. Die ältesten Leute im Dorf versicherten, daß sie das gnädige Fräulein gekannt hätten schon so lange als sie dächten, und daß die Dame niemals anders ausgesehen habe, nicht älter, nicht jünger, nicht häßlicher, nicht hübscher als eben jetzt. Die Zeit schien also keine Macht zu haben über sie, und schon dieses konnte manchem verwunderlich vorkommen. Aber noch manches andere trat hinzu, worüber sich jeder, überlegte er es recht ernstlich, ebensosehr wundern, ja zuletzt aus der Verwunderung, in die er verstrickt, gar nicht herauskommen mußte. Fürs erste offenbarte sich ganz deutlich bei dem Fräulein die Verwandtschaft mit den Blumen, deren Namen sie trug. Denn nicht allein, daß kein Mensch auf Erden solche herrliche tausendblättrige Rosen zu ziehen vermochte, als sie, so sprießten auch aus dem schlechtesten dürresten Dorn, den sie in die Erde steckte, jene Blumen in der höchsten Fülle und Pracht hervor. Dann war es gewiß, daß sie auf einsamen Spaziergängen im Walde laute Gespräche führte mit wunderbaren Stimmen, die aus den Bäumen, aus den Büschen, aus den Quellen und Bächen zu tönen schienen. Ja, ein junger Jägersmann hatte sie belauscht, wie sie einmal mitten im dicksten Gehölz stand und seltsame Vögel mit buntem glänzenden Gefieder, die gar nicht im Lande heimisch, sie umflatterten und liebkosten und in lustigem Singen und Zwitschern ihr allerlei fröhliche Dinge zu erzählen schienen, worüber sie lachte und sich freute. Daher kam es denn auch, daß Fräulein von Rosenschön zu jener Zeit, als sie in das Stift gekommen, bald die Aufmerksamkeit aller Leute in der Gegend anregte. Ihre Aufnahme in das Fräuleinstift hatte der Fürst befohlen; der Baron Prätextatus von Mondschein, Besitzer des Gutes, in dessen Nähe jenes Stift lag, dem er als Verweser vorstand, konnte daher nichts dagegen einwenden, ungeachtet ihn die entsetzlichsten Zweifel quälten. Vergebens war nämlich sein

Mühen geblieben, in Rixners Turnierbuch und andern Chroniken die Familie Rosengrünschön aufzufinden. Mit Recht zweifelte er aus diesem Grunde an der Stiftsfähigkeit des Fräuleins, die keinen Stammbaum mit zweiunddreißig Ahnen aufzuweisen hatte, und bat sie zuletzt ganz zerknirscht, die hellen Tränen in den Augen, doch sich um des Himmels willen wenigstens nicht Rosengrünschön, sondern Rosenschön zu nennen, denn in diesem Namen sei doch noch einiger Verstand und ein Ahnherr möglich. – Sie tat ihm das zu Gefallen. - Vielleicht äußerte sich des gekränkten Prätextatus Groll gegen das ahnenlose Fräulein auf diese – jene Weise und gab zuerst Anlaß zu der bösen Nachrede, die sich immer mehr und mehr im Dorfe verbreitete. Zu jenen zauberhaften Unterhaltungen im Walde, die indessen sonst nichts auf sich hatten, kamen nämlich allerlei bedenkliche Umstände, die von Mund zu Mund gingen und des Fräuleins eigentliches Wesen in gar zweideutiges Licht stellten. Mutter Anne, des Schulzen Frau, behauptete keck, daß, wenn das Fräulein stark zum Fenster heraus niese, allemal die Milch im ganzen Dorfe sauer würde. Kaum hatte sich dies aber bestätigt, als sich das Schreckliche begab. Schulmeisters Michel hatte in der Stiftsküche gebratene Kartoffeln genascht und war von dem Fräulein darüber betroffen worden, die ihm lächelnd mit dem Finger drohte. Da war dem Jungen das Maul offen stehen geblieben, gerade als hätt' er eine gebratene brennende Kartoffel darin sitzen immerdar, und er mußte fortan einen Hut mit vorstehender breiter Krempe tragen, weil es sonst dem Armen ins Maul geregnet hätte. Bald schien es gewiß zu sein, daß das Fräulein sich darauf verstand, Feuer und Wasser zu besprechen, Sturm und Hagelwolken zusammenzutreiben, Weichselzöpfe zu flechten etc., und niemand zweifelte an der Aussage des Schafhirten, der zur Mitternachtsstunde mit Schauer und Entsetzen gesehen haben wollte, wie das Fräulein auf einem Besen brausend durch die Lüfte fuhr, vor ihr her ein ungeheurer Hirschkäfer, zwischen dessen Hörnern blaue Flammen hoch aufleuchteten! – Nun kam alles in Aufruhr, man wollte der Hexe zu Leibe, und die Dorfgerichte beschlossen nichts Geringeres, als das Fräulein aus dem Stift zu holen und sie ins Wasser zu werfen, damit sie die gewöhnliche Hexenprobe bestehe. Der Baron Prätextatus ließ alles geschehen und sprach lächelnd zu sich selbst: „So geht es simplen Leuten ohne Ahnen, die nicht von solch altem guten Herkommen sind, wie der Mondschein." Das Fräulein, unterrichtet von dem bedrohlichen Unwesen, flüchtete nach der Residenz, und bald darauf erhielt der Baron Prätextatus einen Kabinettsbefehl vom Fürsten des Landes, mittelst dessen ihm bekannt gemacht, daß es keine Hexen gäbe, und befohlen wurde, die Dorfgerichte für die naseweise Gier, Schwimmkünste eines Stiftsfräuleins zu schauen, in den Turm werfen, den übrigen Bauern und ihren Weibern aber andeuten zu lassen, bei empfindlicher Leibesstrafe von dem Fräulein Rosenschön nicht schlecht zu denken. Sie gingen in sich, fürchteten sich vor der angedrohten Strafe und dachten fortan gut von dem Fräulein, welches für beide, für das Dorf und für die Dame Rosenschön, die ersprießlichsten Folgen hatte.

In dem Kabinett des Fürsten wußte man recht gut, daß das Fräulein von Rosenschön niemand anders war, als die sonst berühmte weltbekannte Fee Rosabelverde. Es hatte mit der Sache folgende Bewandtnis:

Auf der ganzen weiten Erde war wohl sonst kaum ein anmutigeres Land zu finden, als das kleine Fürstentum, worin das Gut des Baron Prätextatus von Mondschein lag, worin das Fräulein von Rosenschön hauste, kurz, worin sich das alles begab, was ich dir, geliebter Leser, des breiteren zu erzählen eben im Begriff stehe.

Von einem hohen Gebirge umschlossen, glich das Ländchen mit seinen grünen, duftenden Wäldern, mit seinen blumigen Auen, mit seinen rauschenden Strömen und lustig plätschernden Springquellen, zumal da es gar keine Städte, sondern nur freundliche Dörfer und hin und wieder einzeln stehende Paläste darin gab, einem wunderbar herrlichen Garten, in dem die Bewohner wie zu ihrer Lust wandelten, frei von jeder drückenden Bürde des Lebens. Jeder wußte, daß Fürst Demetrius das Land beherrsche; niemand merkte indessen das mindeste von der Regierung, und alle waren damit gar wohl zufrieden. Personen, die die volle Freiheit in all ihrem Beginnen, eine schöne Gegend, ein mildes Klima liebten, konnten ihren Aufenthalt gar nicht besser wählen als in dem Fürstentum, und so geschah es denn, daß unter andern auch verschiedene vortreffliche Feen von der guten Art, denen Wärme und Freiheit bekanntlich über alles geht, sich dort angesiedelt hatten. Ihnen mocht' es zuzuschreiben sein, daß sich beinahe in jedem Dorfe, vorzüglich aber in den Wäldern sehr oft die angenehmsten Wunder begaben und daß jeder, von dem Entzücken, von der Wonne dieser Wunder ganz umflossen, völlig an das Wunderbare glaubte und, ohne es selbst zu wissen, eben deshalb ein froher, mithin guter Staatsbürger blieb. Die guten Feen, die sich in freier Willkür ganz dschinnistanisch eingerichtet, hätten dem vortrefflichen Demetrius gern ein ewiges Leben bereitet. Das stand indessen nicht in ihrer Macht. Demetrius starb, und ihm folgte der junge Paphnutius in der Regierung. Paphnutius hatte schon zu Lebzeiten seines Herrn Vaters einen stillen innerlichen Gram darüber genährt, daß Volk und Staat nach seiner Meinung auf die heilloseste Weise vernachlässigt, verwahrlost wurde. Er beschloß zu regieren und ernannte sofort seinen Kammerdiener Andres, der ihm einmal, als er im Wirtshause hinter den Bergen seine Börse liegen lassen, sechs Dukaten geborgt und dadurch aus großer Not gerissen hatte, zum ersten Minister des Reichs. „Ich will regieren, mein Guter!“ rief ihm Paphnutius zu. Andres las in den Blicken seines Herrn, was in ihm vorging, warf sich ihm zu Füßen und sprach feierlich: „Sire! die große Stunde hat geschlagen! – durch Sie steigt schimmernd ein Reich aus mächtigem Chaos empor! – Sire! hier fleht der treueste Vasall, tausend Stimmen des armen unglücklichen Volks in Brust und Kehle! – Sire! – führen Sie die Aufklärung ein!“ – Paphnutius fühlte sich durch und durch erschüttert von dem erhabenen Gedanken seines Ministers. Er hob ihn auf, riß ihn stürmisch an seine Brust und sprach schluchzend: „Minister – Andres – ich bin dir sechs Dukaten schuldig – noch mehr – mein Glück – mein Reich! – o treuer, gescheuter Diener!“ -

Paphnutius wollte sofort ein Edikt mit großen Buchstaben drucken und an allen Ecken anschlagen lassen, daß von Stund' an die Aufklärung eingeführt sei und ein jeder sich darnach zu achten habe. „Bester Sire!“ rief indessen Andres, „bester Sire! so geht es nicht!“ – „Wie geht es denn, mein Guter?“ sprach Paphnutius, nahm seinen Minister beim Knopfloch und zog ihn hinein in das Kabinett, dessen Türe er abschloß.

„Sehen Sie," begann Andres, als er seinem Fürsten gegenüber auf einem kleinen Taburett Platz genommen, „sehen Sie, gnädigster Herr! – die Wirkung Ihres fürstlichen Edikts wegen der Aufklärung würde vielleicht verstört werden auf häßliche Weise, wenn wir nicht damit eine Maßregel verbinden, die zwar hart scheint, die indessen die Klugheit gebietet. – Ehe wir mit der Aufklärung vorschreiten, d. h. ehe wir die Wälder umhauen, den Strom schiffbar machen, Kartoffeln anbauen, die Dorfschulen verbessern, Akazien und Pappeln anpflanzen, die Jugend ihr Morgen- und Abendlied zweistimmig absingen, Chausseen anlegen und die Kuhpocken einimpfen lassen, ist es nötig, alle Leute von gefährlichen Gesinnungen, die keiner Vernunft Gehör geben und das Volk durch lauter Albernheiten verführen, aus dem Staate zu verbannen – Sie haben Tausendundeine Nacht gelesen, bester Fürst, denn ich weiß, daß Ihr durchlauchtig seliger Herr Papa, dem der Himmel eine sanfte Ruhe im Grabe schenken möge, dergleichen fatale Bücher liebte und Ihnen, als Sie sich noch der Steckenpferde bedienten und vergoldete Pfefferkuchen verzehrten, in die Hände gab. Nun also! – Aus jenem völlig konfusen Buche werden Sie, gnädigster Herr, wohl die sogenannten Feen kennen, gewiß aber nicht ahnen, daß sich verschiedene von diesen gefährlichen Personen in Ihrem eignen lieben Lande hier ganz in der Nähe Ihres Palastes angesiedelt haben und allerlei Unfug treiben." „Wie? – was sagt Er? – Andres! Minister! – Feen! – hier in meinem Lande?" – So rief Fürst, indem er ganz erblaßt in die Stuhllehne zurücksank. – „Ruhig, mein gnädigster Herr," fuhr Andres fort, „ruhig können wir bleiben, sobald wir mit Klugheit gegen jene Feinde der Aufklärung zu Felde ziehen. Ja! – Feinde der Aufklärung nenne ich sie, denn nur sie sind, die Güte Ihres seligen Herrn Papas mißbrauchend, daran schuld, daß der liebe Staat noch in gänzlicher Finsternis darniederliegt. Sie treiben ein gefährliches Gewerbe mit dem Wunderbaren und scheuen sich nicht, unter dem Namen Poesie ein heimliches Gift zu verbreiten, das die Leute ganz unfähig macht zum Dienste in der Aufklärung. Dann haben sie solche unleidliche polizeiwidrige Gewohnheiten, daß sie schon deshalb in keinem kultivierten Staate geduldet werden dürften. So z.B. entblöden sich die Frechen nicht, sowie es ihnen einfällt, in den Lüften spazieren zu fahren mit vorgespannten Tauben, Schwänen, ja sogar geflügelten Pferden. Nun frage ich aber, gnädigster Herr, verlohnt es sich der Mühe, einen gescheuten Akzisetarif zu entwerfen und einzuführen, wenn es Leute im Staate gibt, die imstande sind, jedem leichtsinnigen Bürger unversteuerte Waren in den Schornstein zu werfen, wie sie nur wollen? – Darum, gnädigster Herr, – sowie die Aufklärung angekündigt wird, fort mit den Feen! – Ihre Paläste werden umzingelt von der Polizei, man nimmt ihnen ihre gefährliche Habe und schafft sie als Vagabonden fort nach ihrem Vaterlande, welches, wie Sie, gnädigster Herr, aus Tausendundeiner Nacht wissen werden, das Ländchen Dschinnistan ist." „Gehen Posten nach diesem Lande, Andres?" so fragte der Fürst. „Zurzeit nicht," erwiderte Andres, „aber vielleicht läßt sich nach eingeführter Aufklärung eine Journaliere dorthin mit Nutzen einrichten." – „Aber Andres," fuhr der Fürst fort, „wird man unser Verfahren gegen die Feen nicht hart finden? – Wird das verwöhnte Volk nicht murren?" – „Auch dafür," sprach Andres, „auch dafür weiß ich ein Mittel. Nicht alle Feen, gnädigster Herr, wollen wir fortschicken nach Dschinnistan, sondern einige im Lande behalten, sie aber nicht allein aller Mittel berauben, der Aufklärung schädlich zu werden, sondern auch zweckdienliche Mittel anwenden, sie zu nützlichen Mitgliedern des aufgeklärten Staats umzuschaffen. Wollen sie sich nicht auf solide Heiraten einlassen, so mögen sie unter strenger Aufsicht irgendein nützliches Geschäft treiben, Socken stricken für die Armee, wenn es Krieg gibt, oder sonst. Geben Sie acht, gnädigster Herr, die Leute werden sehr bald an die Feen, wenn sie unter ihnen wandeln, gar nicht mehr glauben, und das ist das beste. So gibt sich alles etwanige Murren von selbst. – Was übrigens die Utensilien der Feen betrifft, so fallen sie der fürstlichen Schatzkammer heim, die Tauben und Schwäne werden als köstliche Braten in die fürstliche Küche geliefert, mit den geflügelten Pferden kann man aber auch Versuche machen, sie zu kultivieren und zu bilden zu nützlichen Bestien, indem man ihnen die Flügel abschneidet und sie zur Stallfütterung gibt, die wir doch hoffentlich zugleich mit der Aufklärung einführen werden." -

Paphnutius war mit allen Vorschlägen seines Ministers auf das höchste zufrieden, und schon andern Tages wurde ausgeführt, was beschlossen war.

An allen Ecken prangte das Edikt wegen der eingeführten Aufklärung, und zu gleicher Zeit brach die Polizei in die Paläste der Feen, nahm ihr ganzes Eigentum in Beschlag und führte sie gefangen fort.

Mag der Himmel wissen, wie es sich begab, daß die Fee Rosabelverde die einzige von allen war, die wenige Stunden vorher, ehe die Aufklärung hereinbrach, Wind davon bekam und die Zeit nutzte, ihre Schwäne in Freiheit zu setzen, ihre magischen Rosenstöcke und andere Kostbarkeiten beiseite zu schaffen. Sie wußte nämlich auch, daß sie dazu erkoren war, im Lande zu bleiben, worin sie sich, wiewohl mit großem Widerwillen, fügte.

Überhaupt konnten es weder Paphnutius noch Andres begreifen, warum die Feen, die nach Dschinnistan transportiert wurden, eine solche übertriebene Freude äußerten und ein Mal über das andere versicherten, daß ihnen an aller Habe, die sie zurücklassen müssen, nicht das mindeste gelegen. „Am Ende," sprach Paphnutius entrüstet, „am Ende ist Dschinnistan ein viel hübscherer Staat wie der meinige, und sie lachen mich aus mitsamt meinem Edikt und meiner Aufklärung, die jetzt erst recht gedeihen soll!" -

Der Geograph sollte mit dem Historiker des Reichs über das Land umständlich berichten.

Beide stimmten darin überein, daß Dschinnistan ein erbärmliches Land sei, ohne Kultur, Aufklärung, Gelehrsamkeit, Akazien und Kuhpocken, eigentlich auch gar nicht existiere. Schlimmeres könne aber einem Menschen oder einem ganzen Lande wohl nicht begegnen, als gar nicht zu existieren.

Paphnutius fühlte sich beruhigt.

Als der schöne blumige Hain, in dem der verlassene Palast der Fee Rosabelverde lag, umgehauen wurde, und beispielshalber Paphnutius selbst sämtlichen Bauerlümmeln im nächsten Dorfe die Kuhpocken eingeimpft hatte, paßte die Fee dem Fürsten in dem Walde auf, durch den er mit dem Minister Andres nach seinem Schloß zurückkehren wollte. Da trieb sie ihn mit allerlei Redensarten, vorzüglich aber mit einigen unheimlichen Kuntstückchen, die sie vor der Polizei geborgen, dermaßen in die Enge, daß er sie um des Himmels willen bat, doch mit einer Stelle des einzigen und daher besten Fräuleinstifts im ganzen Lande vorliebzunehmen, wo sie, ohne sich an das Aufklärungsedikt zu kehren, schalten und walten könne nach Belieben.

Die Fee Rosabelverde nahm den Vorschlag an und kam auf diese Weise in das Fräuleinstift, wo sie sich, wie schon erzählt worden, das Fräulein von Rosengrünschön, dann aber, auf dringendes Bitten des Baron Prätextatus von Mondschein, das Fräulein von Rosenschön nannte.

Zweites Kapitel

Von der unbekannten Völkerschaft, die der Gelehrte Ptolomäus Philadelphus auf seinen Reisen entdeckte. – Die Universität Kerepes. – Wie dem Studenten Fabian ein Paar Reitstiefel um den Kopf flogen und der Professor Mosch Terpin den Studenten Balthasar zum Tee einlud.

In den vertrauten Briefen, die der weltberühmte Gelehrte Ptolomäus Philadelphus an seinen Freund Rufin schrieb, als er sich auf weiten Reisen befand, ist folgende merkwürdige Stelle enthalten:

„Du weißt, mein lieber Rufin, daß ich nichts in der Welt so fürchte und scheue, als die brennenden Sonnenstrahlen des Tages, welche die Kräfte meines Körpers aufzehren und meinen Geist dermaßen abspannen und ermatten, daß alle Gedanken in ein verworrenes Bild zusammenfließen und ich vergebens darnach ringe, auch nur irgendeine deutliche Gestaltung in meiner Seele zu erfassen. Ich pflege daher in dieser heißen Jahreszeit des Tages zu ruhen, nachts aber meine Reise fortzusetzen, und so befand ich mich dann auch in voriger Nacht auf der Reise. Mein

Fuhrmann hatte sich in der dicken Finsternis von dem rechten, bequemen Wege verirrt und war unversehens auf die Chaussee geraten. Ungeachtet ich aber durch die harten Stöße, die es hier gab, in dem Wagen hin und her geschleudert wurde, so daß mein Kopf voller Beulen einem mit Walnüssen gefüllten Sack nicht unähnlich war, erwachte ich doch aus dem tiefen Schlafe, in den ich versunken, nicht eher, bis ich mit einem entsetzlichen Ruck aus dem Wagen heraus auf den harten Boden stürzte. Die Sonne schien mir hell ins Gesicht, und durch den Schlagbaum, der dicht vor mir stand, gewahrte ich die hohen Türme einer ansehnlichen Stadt. Der Fuhrmann lamentierte sehr, da nicht allein die Deichsel, sondern auch ein Hinterrad des Wagens an dem großen Stein, der mitten auf der Chaussee lag, gebrochen, und schien sich wenig oder gar nicht um mich zu kümmern. Ich hielt, wie es dem Weisen ziemt, meinen Zorn zurück und rief dem Kerl bloß sanftmütig zu, er sei ein verfluchter Schlingel, er möge bedenken, daß Ptolomäus Philadelphus, der berühmteste Gelehrte seiner Zeit, auf dem St- säße, und Deichsel Deichsel und Rad Rad sein lassen. Du kennst, mein lieber Rufin, die Gewalt, die ich über das menschliche Herz übe, und so geschah es denn auch, daß der Fuhrmann augenblicklich aufhörte zu lamentieren und mir mit Hülfe des Chausseeinnehmers, vor dessen Häuslein sich der Unfall begeben, auf die Beine half. Ich hatte zum Glück keinen sonderlichen Schaden gelitten und war imstande, langsam auf der Straße fortzuwandeln, während der Fuhrmann den zerbrochenen Wagen mühsam nachschleppte. Unfern des Tors der Stadt, die ich in blauer Ferne gesehen, begegneten mir nun aber viele Leute von solch wunderlichem Wesen und in solch seltsamer Kleidung, daß ich mir die Augen rieb, um zu erforschen, ob ich wirklich wache oder ob nicht vielleicht ein toller neckhafter Traum mich eben in ein fremdes fabelhaftes Land versetze. – Diese Leute, die ich mit Recht für Bewohner der Stadt, aus deren Tor ich sie kommen sah, halten durfte, trugen lange, sehr weite Hosen, nach Art der Japaneser zugeschnitten, von köstlichem Zeuge, Samt, Manchester, feinem Tuch oder auch wohl bunt durchwirkter Leinwand, mit Tressen oder hübschen Bändern und Schnüren reichlich besetzt, dazu kleine Kinderröcklein, kaum den Unterleib bedeckend, meistens von sonnenheller Farbe, nur wenige gingen schwarz. Die Haare hingen ungekämmt in natürlicher Wildheit auf Schultern und Rücken herab, und auf dem Kopf saß ein kleines seltsames Mützchen. Manche hatten den Hals ganz entblößt nach der Weise der Türken und Neugriechen, andere dagegen trugen um Hals und Brust ein Stückchen weiße Leinwand, beinahe einem Hemdekragen ähnlich, wie Du, geliebter Rufin, sie auf den Bildern unserer Vorfahren gesehen haben wirst. Ungeachtet diese Leute sämtlich sehr jung zu sein schienen, war doch ihre Sprache tief und rauh, jede ihrer Bewegungen ungelenk, und mancher hatte einen schmalen Schatten unter der Nase, als sitze dort ein Stutzbärtchen. Aus den Hinterteilen der kleinen Röcke mancher ragte ein langes Rohr hervor, an dem große seidene Quasten baumelten. Andere hatten diese Röhre hervorgezogen und kleine – größere – manchmal auch sehr große wunderlich geformte Köpfe unten daran befestigt, aus denen sie, oben durch ein ganz spitz zulaufendes Röhrchen hineinblasend, auf geschickte Weise künstliche Dampfwolken aufsteigen zu lassen wußten. Andre trugen breite blitzende Schwerter in den Händen, als wollten sie dem Feinde entgegenziehen; noch andere hatten kleine Behältnisse von Leder oder Blech umgehängt oder über den Rücken geschnallt. Du kannst denken, lieber Rufin, daß ich, der ich durch sorgliches Betrachten jeder mir neuen Erscheinung mein Wissen zu bereichern suche, stillstand und mein Auge fest auf die seltsamen Leute heftete. Da versammelten sie sich um mich her, schrien ganz gewaltig: „Philister - Philister!“ – und schlugen eine entsetzliche Lache auf. - Das verdroß mich. Denn, geliebter Rufin, gibt es für einen großen Gelehrten etwas Kränkenderes, als für einen von dem Volke gehalten zu werden, das vor vielen tausend Jahren mittelst eines Eselkinnbackens erschlagen wurde? – Ich nahm mich zusammen in der mir angebornen Würde und sprach laut zu dem sonderbaren Volk um mich her, daß ich hoffe, mich in einem zivilisierten Staat zu befinden, und daß ich mich an Polizei und Gerichtshöfe wenden würde, um die mir zugefügte Unbill zu rächen. Da brummten sie alle; auch die, die bisher noch nicht gedampft, zogen die dazu bestimmten Maschinen aus der Tasche, und alle bliesen mir die dicken Dampfwolken ins Gesicht, welche, wie ich nun erst merkte, ganz unerträglich stanken und meine Sinne betäubten. Dann spachen sie eine

Art Fluch über mich aus, dessen Worte ich ihrer Gräßlichkeit halber Dir, geliebter Rufin, gar nicht wiederholen mag. Nur mit tiefem Grausen kann ich selbst daran denken. Endlich verließen sie mich unter lautem Hohngelächter, und mir war's, als wenn das Wort: Hetzpeitsche in den Lüften verhalle! – Mein Fuhrmann, der alles mit angehört, mit angesehen, rang die Hände und sprach: „Ach mein lieber Herr! nun das geschehen ist, was geschah, so gehen Sie beileibe nicht in jene Stadt hinein! Kein Hund, wie man zu sagen pflegt, würde ein Stück Brot von Ihnen nehmen und stete Gefahr Sie bedrohen, geprü-“ Ich ließ den Wackern nicht ausreden, sondern wandte meine Schritte so schnell, als es nur gehen mochte, nach dem nächsten Dorfe. In dem einsamen Kämmerlein des einzigen Wirtshauses dieses Dorfes sitze ich und schreibe Dir, mein geliebter Rufin, dieses alles! – Soviel es möglich ist, werde ich Nachrichten einziehen von dem fremden barbarischen Volke, das in jener Stadt hauset. Von ihren Sitten – Gebräuchen – von ihrer Sprache u.s.w. habe ich mir schon manches höchst Seltsame erzählen lassen und werde Dir getreulich alles mitteilen etc. etc.“

Du gewahrst, o mein geliebter Leser, daß man ein großer Gelehrter und doch mit sehr gewöhnlichen Erscheinungen im Leben unbekannt sein, und doch über Weltbekanntes in die wunderlichsten Träume geraten kann. Ptolomäus Philadelphus hatte studiert und kannte nicht einmal Studenten und wußte nicht einmal, daß er in dem Dorfe Hoch-Jakobsheim saß, das bekanntlich dicht bei der berühmten Universität Kerepes liegt, als er seinem Freunde von einer Begebenheit schrieb, die sich in seinem Kopfe zum seltsamsten Abenteuer umgeformt hatte. Der gute Ptolomäus erschrak, als er Studenten begegnete, die fröhlich und guter Dinge über Land zogen zu ihrer Lust. Welche Angst hätte ihn überfallen, wäre er eine Stunde früher in Kerepes angekommen, und hätte ihn der Zufall vor das Haus des Professors der Naturkunde Mosch Terpin geführt! – Hunderte von Studenten hätten, aus dem Hause herausströmend, ihn umringt, lärmend disputierend etc., und noch wunderliche Träume wären ihm in den Kopf gekommen über diesem Gewirr, über diesem Getreibe.

Die Kollegia Mosch Terpins wurden nämlich in ganz Kerepes am häufigsten besucht. Er war, wie gesagt, Professor der Naturkunde, er erklärte, wie es regnet, donnert, blitzt, warum die Sonne scheint bei Tage und der Mond des Nachts, wie und warum das Gras wächst etc., so daß jedes Kind es begreifen mußte. Er hatte die ganze Natur in ein kleines niedliches Kompendium zusammengefaßt, so daß er sie bequem nach Gefallen handhaben und daraus für jede Frage die Antwort wie aus einem Schubkasten herausziehen konnte. Seinen Ruf begründete er zuerst dadurch, als er es nach vielen physikalischen Versuchen glücklich herausgebracht hatte, daß die Finsternis hauptsächlich von Mangel an Licht herrühre. Dies, sowie, daß er eben jene physikalischen Versuche mit vieler Gewandtheit in nette Kunststückchen umzusetzen wußte und gar ergötzlichen Hokuspokus trieb, verschaffte ihm den unglaublichen Zulauf. - Erlaube, mein günstiger Leser, daß, da du da viel besser wie der berühmte Gelehrte Ptolomäus Philadelphus Studenten kennst, da du nichts von seiner träumerischen Furchtsamkeit weist, ich dich nun nach Kerepes führe vor das Haus des Professors Mosch Terpin, als er eben sein Kollegium beendet. Einer unter den herausströmenden Studenten fesselt sogleich deine Aufmerksamkeit. Du gewahrst einen wohlgestalteten Jüngling von drei- bis vierundzwanzig Jahren, aus dessen dunkel leuchtenden Augen ein innerer reger, herrlicher Geist mit beredten Worten spricht. Beinahe keck würde sein Blick zu nennen sein, wenn nicht die schwärmerische Trauer, wie sie auf dem ganzen blassen Antlitz liegt, einem Schleier gleich die brennenden Strahlen verhüllte. Sein Rock von schwarzem feinen Tuch, mit gerissenem Samt besetzt, ist beinahe nach altteutscher Art zugeschnitten, wozu der zierliche blendendweiße Spitzenkragen, sowie das Samtbarett, das auf den schönen kastanienbraunen Locken sitzt, ganz gut paßt. Gar hübsch steht ihm diese Tracht deshalb, weil er seinem ganzen Wesen, seinem Anstande in Gang und Stellung, seiner bedeutungsvollen Gesichtsbildung nach wirklich einer schönen frommen Vorzeit anzugehören scheint und man daher nicht eben an die Ziererei denken mag, wie sie in kleinlichem Nachäffen mißverstandener Vorbilder in ebenso mißverstandenen Ansprüchen der Gegenwart oft an der Tagesordnung ist. Dieser junge Mann, der dir, geliebter Leser, auf den ersten Blick so wohlgefällt, ist niemand anders als der Student Balthasar, anständiger, vermögender Leute Kind, fromm – verständig – fleißig – von dem ich dir, o mein Leser, in der merkwürdigen Geschichte, die ich aufzuschreiben unternommen, gar vieles zu erzählen gedenke. -

Ernst, in Gedanken vertieft, wie es seine Art war, wandelte Balthasar aus dem Kollegium des Professors Mosch Terpin dem Tore zu, um sich, statt auf den Fechtboden, in das anmutige Wäldchen zu begeben, das kaum ein paar hundert Schritte von Kerepes liegt. Sein Freund Fabian, ein hübscher Bursche von muntrem Ansehen und ebensolcher Gesinnung, rannte ihm nach und ereilte ihn dicht vor dem Tore.

„Balthasar!“ – rief nun Fabian laut, „Balthasar, nun, willst du wieder heraus in den Wald und wie ein melancholischer Philister einsam umherirren, während tüchtige Burschen sich wacker üben in der edlen Fechtkunst! – Ich bitte dich, Balthasar, laß doch endlich ab von deinem närrischen, unheimlichen Treiben und sei wieder recht munter und froh, wie du es sonst wohl warst. Komm! – wir wollen uns in ein paar Gängen versuchen, und willst du denn noch heraus, so lauf' ich wohl mit dir.“

„Du meinst es gut,“ erwiderte Balthasar, „du meinst es gut, Fabian, und deswegen will ich nicht mit dir grollen, daß du mir manchmal auf Steg und Weg nachläufst wie ein Besessener und mich um manche Lust bringst, von der du keinen Begriff hast. Du gehörst nun einmal zu den seltsamen Leuten, die jeden, den sie einsam wandeln sehn, für einen melancholischen Narren halten und ihn auf ihre Weise handhaben und kurieren wollen, wie jener Hofschranz den würdigen Prinzen Hamlet, der dem Männlein dann, als er versicherte, sich nicht auf das Flötenblasen zu verstehen, eine tüchtige Lehre gab. Damit will ich dich, lieber Fabian, nun zwar verschonen, übrigens dich aber recht herzlich bitten, daß du dir zu deiner edlen Fechterei mit Rapier und Hieber einen andern Kumpan suchen und mich ruhig meinen Weg fortwandeln lassen mögest.“ „Nein, nein,“ rief Fabian lachend, „so entkommst du mir nicht, mein teurer Freund! – Willst du mit mir nicht auf den Fechtboden, so gehe ich mit dir heraus in das Wäldchen. Es ist die Pflicht des treuen Freundes, dich in deinem Trübsinn aufzuheitern. Komm nur, lieber Balthasar, komm nur, wenn du es denn nicht anders haben willst."

Damit faßte er den Freund unter den Arm und schritt rüstig mit ihm von dannen. Balthasar biß in stillem Ingrimm die Zähne zusammen und beharrte in finsterm Schweigen, während Fabian in einem Zuge Lustiges und Lustiges erzählte. Es lief viel Albernes mit unter, welches immer zu geschehen pflegt beim lustigen Erzählen in einem Zuge.

Als sie nun endlich in die kühlen Schatten des duftenden Waldes traten, als die Büsche wie in sehnsüchtigen Seufzern flüsterten, als die wunderbaren Melodien der rauschenden Bäche, die Lieder des Waldgeflügels fernhin tönten und den Widerhall weckten, der ihnen aus den Bergen antwortete, da stand Balthasar plötzlich still und rief, indem er die Arme weit ausbreitete, als woll' er Baum und Gebüsch liebend umfangen: „O, nun ist mir wieder wohl! – unbeschreiblich wohl!" – Fabian schaute den Freund etwas verblüfft an, wie einer, der nicht klug werden kann aus des andern Rede, der gar nicht weiß, was er damit anfangen soll. Da faßte Balthasar seine Hand und rief voll Entzücken: „Nicht wahr, Bruder, nun geht dir auch das Herz auf, nun begreifst du auch das selige Geheimnis der Waldeinsamkeit?" – „Ich verstehe dich nicht ganz, lieber Bruder," erwiderte Fabian, „aber wenn du meinst, daß dir ein Spaziergang hier im Walde wohl tut, so bin ich völlig deiner Meinung. Gehe ich nicht auch gern spazieren, zumal in guter Gesellschaft, in der man ein vernünftiges lehrreiches Gespräch führen kann? – Z.B. ist es wohl eine wahre Lust, mit unserm Professor Mosch Terpin über Land zu gehen. Der kennt jedes Pflänzchen, jedes Gräschen und weiß, wie es heißt mit Namen und in welche Klasse es gehört, und versteht sich auf Wind und Wetter - " „Halt ein," rief Balthasar, „ich bitte dich, halt ein! – Du berührst etwas, das mich toll machen könnte, gäb' es sonst keinen Trost dafür. Die Art, wie der Professor über die Natur spricht, zerreißt mein Inneres. Oder vielmehr, mich faßt dabei ein unheimliches Grauen, als säh' ich den Wahnsinnigen, der in geckenhafter Narrheit König und Herrscher ein selbst gedrehtes Strohpüppchen liebkost, wähnend, die königliche Braut zu umhalsen! Seine sogenannten Experimente kommen mir vor wie eine abscheuliche Verhöhnung des göttlichen Wesens, dessen Atem uns in der Natur anweht und in unserm innersten Gemüt die tiefsten heiligsten Ahnungen aufregt. Oft gerat' ich in Versuchung, ihm seine Gläser, seine Phiolen, seinen ganzen Kram zu zerschmeißen, dächt' ich nicht daran, daß der Affe ja nicht abläßt mit dem Feuer zu spielen, bis er sich die Pfoten verbrennt. - Sieh, Fabian, diese Gefühle ängstigen mich, pressen mir das Herz zusammen in Mosch Terpins Vorlesungen, und wohl mag ich euch dann tiefsinniger und menschenscheuer vorkommen als jemals. Mir ist dann zumute, als wollten die Häuser über meinem Kopf zusammenstürzen, eine unbeschreibliche Angst treibt mich heraus aus der Stadt. Aber hier, hier erfüllt bald mein Gemüt eine süße Ruhe. Auf den blumigen Rasen gelagert, schaue ich herauf in das weite Blaue des Himmels, und über mir, über den jubelnden Wald hinweg ziehen die goldnen Wolken wie herrliche Träume aus einer fernen Welt voll seliger Freuden! – O mein Fabian, dann erhebt sich aus meiner eignen Brust ein wunderbarer Geist, und ich vernehm' es, wie er in geheimnisvollen Worten spricht mit den Büschen – mit den Bäumen, mit den Wogen des Waldbachs, und nicht vermag ich die Wonne zu nennen, die dann in süßem wehmütigen Bangen mein ganzes Wesen durchströmt!" – „Ei," rief Fabian, „ei, das ist nun wieder das alte ewige Lied von Wehmut und Wonne und sprechenden Bäumen und Waldbächen. Alle deine Verse strotzen von diesen artigen Dingen, die ganz passabel ins Ohr fallen und mit Nutzen verbraucht werden, sobald man nichts weiter dahinter sucht. – Aber sage mir, mein vortrefflichster Melancholikus, wenn dich Mosch Terpins Vorlesungen in der Tat so entsetzlich kränken und ärgern, sage mir nur, warum in aller Welt du in jede hineinläufst, warum du keine einzige versäumst und dann freilich jedesmal stumm und starr mit geschlossen Augen dasitzest wie ein Träumender?" – „Frage mich, erwiderte Balthasar, indem er die Augen niederschlug, „frage mich darum nicht, lieber Freund! – Eine unbekannte Gewalt zieht mich jeden Morgen hinein in Mosch Terpins Haus. Ich fühle im voraus meine Qualen, und doch kann ich nicht widerstehen, ein dunkles Verhängnis reißt mich fort!" – „Ha – ha," – lachte Fabian hell auf, „ha ha ha – wie fein – wie poetisch, wie mystisch! Die unbekannte Gewalt, die dich hineinzieht in Mosch

Terpins Haus, liegt in den dunkelblauen Augen der schönen Candida! – Daß du bis über die Ohren verliebt bist in des Professors niedliches Töchterlein, das wissen wir alle längst, und darum halten wir dir deine Fantasterei, dein närrisches Wesen zugute. Mit Verliebten ist es nun nicht anders. Du befindest dich im ersten Stadium der Liebeskrankheit und mußt in späten Jünglingsjahren dich zu all den seltsamen Possen bequemen, die wir, ich und viele andere, dem Himmel sei es gedankt! ohne ein großes zuschauendes Publikum auf der Schule durchmachten. Aber glaube mir, mein süßes Herz -"

Fabian hatte indessen seinen Freund Balthasar wieder beim Arme gefaßt und war mit ihm rasch weitergeschritten. Eben jetzt traten sie heraus aus dem Dickicht auf den breiten Weg, der mitten durch den Wald führte. Da gewahrte Fabian, wie aus der Ferne ein Pferd ohne Reiter, in eine Staubwolke gehüllt, herantrabte. – „Hei, hei!" rief er, sich in seiner Rede unterbrechend, „hei, hei, da ist eine verfluchte Schindmähre durchgegangen und hat ihren Reiter abgesetzt – die müssen wir fangen und nachher den Reiter suchen im Walde." Damit stellte er sich mitten in den Weg.

Näher und näher kam das Pferd, da war es, als wenn von beiden Seiten ein Paar Reitstiefel in der Luft auf und nieder baumelten und auf dem Sattel etwas Schwarzes sich rege und bewege. Dicht vor Fabian erschallte ein langes gellendes Prrr – Prrr - und in demselben Augenblick flogen ihm auch ein Paar Reitstiefel um den Kopf, und ein kleines seltsames, schwarzes Ding kugelte hin, ihm zwischen die Beine. Mauerstill stand das große Pferd und beschnüffelte mit lang vorgestrecktem Halse sein winziges Herrlein, das sich im Sande wälzte und endlich mühsam auf die Beine richtete. Dem kleinen Knirps steckte der Kopf tief zwischen den hohen Schultern, er war mit seinem Auswuchs auf Brust und Rücken, mit seinem kurzen Leibe und seinen hohen Spinnenbeinchen anzusehen wie ein auf eine Gabel gespießter Apfel, dem man ein Fratzengesicht eingeschnitten. Als nun Fabian dies seltsame kleine Ungetüm vor sich stehen sah, brach er in ein lautes Gelächter aus. Aber der Kleine drückte sich das Barettlein, das er vom Boden aufgerafft, trotzig in die Augen und fragte, indem er Fabian mit wilden Blicken durchbohrte, in rauhem, tief heiserem Ton: „Ist dies der rechte Weg nach Kerepes?“ – „Ja, mein Herr!“ antwortete Balthasar mild und ernst und reichte dem Kleinen die Stiefel hin, die er zusammengesucht hatte. Alles Mühen des Kleinen, die Stiefel anzuziehen, blieb vergebens, er stülpte einmal übers andere um und wälzte sich stöhnend im Sande. Balthasar stellte beide Stiefel aufrecht zusammen, hob den Kleinen sanft in die Höhe und steckte, ihn ebenso niederlassend, beide Füßchen in die zu schwere und weite Futterale. Mit stolzem Wesen, die eine Hand in die Seite gestemmt, die andere ans Barett gelegt, rief der Kleine: „Gratias, mein Herr!“ und schritt nach dem Pferde hin, dessen Zügel er faßte. Alle Versuche, den Steigbügel zu erreichen oder hinaufzuklimmen auf das große Tier, blieben indessen vergebens. Balthasar, immer ernst und mild, trat hinzu und hob den Kleinen in den Steigbügel. Er mochte sich wohl einen zu starken Schwung gegeben haben, denn in demselben Augenblick, als er oben saß, lag er auf der andern Seite auch wieder unten. „Nicht so hitzig, allerliebster Mosje!“ rief Fabian, indem er aufs neue in ein schallendes Gelächter ausbrach. „Der Teufel ist Ihr allerliebster Mosje,“ schrie der Kleine ganz erbost, indem er sich den Sand von den Kleidern klopfte, „ich bin Studiosus, und wenn Sie desgleichen sind, so ist es Tusch, daß Sie mir wie ein Hasenfuß ins Gesicht lachen, und Sie müssen sich morgen in Kerepes mit mir schlagen!“ „Donner,“ rief Fabian immerfort lachend, „Donner, das ist mal ein tüchtiger Bursche, ein Allerweltskerl, was Courage betrifft und echten Komment“. Und damit hob er den Kleinen, alles Zappelns und Sträubens ungeachtet, in die Höhe und setzte ihn aufs Pferd, das sofort mit seinem Herrlein lustig wiehernd davontrabte. – Fabian hielt sich beide Seiten, er wollte vor Lachen ersticken. – „Es ist grausam,“ sprach Balthasar, „einen Menschen auszulachen, den die Natur auf solche entsetzliche Weise verwahrlost hat, wie den kleinen Reiter dort. Ist er wirklich Student, so mußt du dich mit ihm schlagen, und zwar, läuft's auch sonst gegen alle akademische Sitte, auf Pistolen, da er weder Rapier noch Hieber zu führen vermag.“ – „Wie ernst,“ sprach Fabian, „wie ernst, wie trübselig du das alles wieder nimmst, mein lieber Freund Balthasar. Nie ist's mir eingefallen, eine Mißgeburt auszulachen. Aber sage mir, darf solch ein knorpliger Däumling sich auf ein Pferd setzen, über dessen Hals er nicht wegzuschauen vermag? Darf er die Füßlein in solch verrucht weite Stiefeln stecken? darf er eine knapp anschließende Kurtka mit tausend Schnüren und Troddeln und Quasten, darf er solch ein verwunderliches Samtbarett tragen? darf er solch ein hochmütiges, trotziges Wesen annehmen? darf er sich solche barbarische heisere Laute abzwingen? – Darf er das alles, frage ich, ohne mit Recht als eingefleischter Hasenfuß ausgelacht zu werden? – Aber ich muß hinein, ich muß den Rumor mit anschauen, den es geben wird, wenn der ritterliche Studiosus einzieht auf seinem stolzen Rosse! Mit dir ist doch heute einmal nichts anzufangen! – Gehab' dich wohl!" – Spornstreichs rannte Fabian durch den Wald nach der Stadt zurück. – Balthasar verließ den offenen Weg und verlor sich in das dichteste Gebüsch, da sank er hin auf einen Moossitz, erfaßt, ja überwältigt von den bittersten Gefühlen. Wohl mocht' es sein, daß er die holde Candida wirklich liebte, aber er hatte diese Liebe wie ein tiefes, zartes Geheimnis in dem Innersten seiner Seele vor allen Menschen, ja vor sich selbst verschlossen. Als nun Fabian so ohne Hehl, so leichtsinnig darüber sprach, war es ihm, als rissen rohe Hände in frechem Übermut die Schleier von dem Heiligenbilde herab, die zu berühren er nicht gewagt, als müsse nun die Heilige auf ihn selbst ewig zürnen. Ja, Fabians Worte schienen ihm eine abscheuliche Verhöhnung seines ganzen Wesens, seiner süßesten Träume.

„Also," rief er in Übermaß seines Unmuts aus, „also für einen verliebten Gecken hältst du mich, Fabian! – für einen Narren, der in Mosch Terpins Vorlesungen läuft, um wenigstens eine Stunde hindurch mit der schönen Candida unter einem Dache zu sein, der in dem Walde einsam umherstreift, um auf elende Verse zu sinnen an die Geliebte und sie noch erbärmlicher aufzuschreiben, der die Bäume verdirbt, alberne Namenszüge in ihre glatten Rinden einschneidend, der in Gegenwart des Mädchens kein gescheutes Wort zu Markte bringt, sondern nur seufzt und ächzt und weinerliche Gesichter schneidet, als litt' er an Krämpfen, der verwelkte Blumen, die sie am Busen trug, oder gar den Handschuh, den sie verlor, auf der bloßen Brust trägt – kurz, der tausend kindische

Torheiten begeht! – Und darum, Fabian, neckst du mich, und darum lachen mich wohl alle Burschen aus, und darum bin ich samt der innern Welt, die mir aufgegangen, vielleicht ein Gegenstand der Verspottung. – Und die holde – liebliche herrliche Candida -“

Als er diesen Namen aussprach, fuhr es ihm durchs Herz wie ein glühender Dolchstich! – Ach! – eine innere Stimme flüsterte ihm in dem Augenblick sehr vernehmlich zu, daß er ja nur eben Candidas wegen in Mosch Terpins Haus gehe, daß er Verse mache an die Geliebte, daß er ihre Namen einschneide in das Laubholz, daß er in ihrer Gegenwart verstumme, seufze, ächze, daß er verwelkte Blumen, die sie verlor, auf der Brust trage, daß er mithin ja wirklich in alle Torheiten verfalle, wie sie ihm Fabian nur vorrücken könne. - Erst jetzt fühlte er es recht, wie unaussprechlich er die schöne Candida liebe, aber auch zugleich, daß seltsam genug sich die reinste innigste Liebe im äußern Leben etwas geckenhaft gestalte, welches wohl der tiefen Ironie zuzurechnen, die die Natur in alles menschliche Treiben gelegt. Er mochte recht haben, ganz unrecht war es indessen, daß er sich darüber sehr zu ärgern begann. Träume, die ihn sonst umfingen, waren verloren, die Stimmen des Waldes klangen ihm wie Hohn und Spott, er rannte zurück nach Kerepes.

„Herr Balthasar – mon cher Balthasar“ – rief es ihn an. Er schlug den Blick auf und blieb festgezaubert stehen, denn ihm entgegen kam der Professor Mosch Terpin, der seine Tochter Candida am Arme führte. Candida begrüßte den zur Bildsäule Erstarrten mit der heitern freundlichen Unbefangenheit, die ihr eigen. „Balthasar, mon cher Balthasar,“ rief der Professor, „Sie sind in der Tat der fleißigste, mir der liebste von meinen Zuhörern! – O mein Bester, ich merk' es Ihnen an, Sie lieben die Natur mit all ihren Wundern, wie ich, der ich einen wahren Narren daran gefressen! – Gewiß wieder botanisiert in unserm Wäldchen! – Was Ersprießliches gefunden? – Nun! – lassen Sie uns nähere Bekanntschaft machen. – Besuchen Sie mich – jederzeit willkommen – Können zusammen experimentieren – Haben Sie schon meine Luftpumpe gesehen? – Nun! – mon cher – morgen abend versammelt sich ein freundschaftlicher Zirkel in meinem Hause, welcher Tee mit Butterbrot konsumieren und sich in angenehmen Gesprächen erlustigen wird, vermehren Sie ihn durch Ihre werte Person – Sie werden einen sehr anziehenden jungen Mann kennen lernen, der mir ganz besonders empfohlen - Bon soir, mon cher – Guten Abend, Vortrefflicher – a revoir - Auf Wiedersehen! – Sie kommen doch morgen in die Vorlesung? - Nun – mon cher, Adieu!“ – Ohne Balthasars Antwort abzuwarten, schritt der Professor Mosch Terpin mit seiner Tochter von dannen.

Balthasar hatte in seiner Bestürzung nicht gewagt, die Augen aufzuschlagen, aber Candidas Blicke brannten hinein in seine Brust, er fühlte den Hauch ihres Atems, und süße Schauer durchbebten sein innerstes Wesen.

Entnommen war ihm aller Unmut, er schaute voll Entzücken der holden Candida nach, bis sie in den Laubgängen verschwand. Dann kehrte er langsam in den Wald zurück, um herrlicher zu träumen als jemals.

Drittes Kapitel

Wie Fabian nicht wußte, was er sagen sollte. – Candida und Jungfrauen, die nicht Fische essen dürfen. – Mosch Terpins literarischer Tee. – Der junge Prinz.

Fabian gedachte, als er den Richtsteig quer durch den Wald lief, dem kleinen wunderlichen Knirps, der vor ihm davongetrabt, doch wohl noch zuvorzukommen. Er hatte sich geirrt, denn aus dem Gebüsch heraustretend, gewahrte er ganz in der Ferne, wie noch ein anderer stattlicher Reiter sich zu dem Kleinen gesellte und wie nun beide in das Tor von Kerepes hineinritten. – „Hm!“ sprach Fabian zu sich selbst, „ist der Nußknacker auf seinem großen Pferde auch schon vor mir angelangt, so komme ich doch noch zeitig genug zu dem Spektakel, den es geben wird bei seiner Ankunft. Ist das seltsame Ding wirklich ein Studiosus, so weiset man nach dem Geflügelten Roß und hält er dort an mit seinem gellenden *Prr – Prr!* – und wirft die Reitstiefel voran und sich selbst nach und tut, wenn die Bursche lachen, wild und trotzig – nun! dann ist das tolle Possenspiel fertig!" -

Als Fabian nun die Stadt erreicht, glaubte er in den Straßen, auf dem Wege nach dem „Geflügelten Roß" lauter lachenden Gesichtern zu begegnen. Dem war aber nicht so. Alle Leute gingen ruhig und ernst vorüber. Ebenso ernsthaft spazierten auf dem Platz vor dem „Geflügelten Roß" mehrere Akademiker, die sich dort versammelt, miteinander sprechend, auf und nieder. Fabian war überzeugt, daß der Kleine wenigstens hier nicht angekommen sein müsse, da gewahrte er, einen Blick ins Tor des Gasthauses werfend, daß soeben das sehr kennbare Pferd des Kleinen nach dem Stall geführt wurde. Auf den ersten besten seiner Bekannten sprang er nun los und fragte, ob denn nicht ein ganz seltsamer wunderlicher Knirps herangetrabt sei. – Der, den Fabian fragte, wußte ebensowenig etwas davon als die übrigen, denen Fabian nun erzählte, was sich mit ihm und dem Däumling, der ein Student sein wollen, begeben. Alle lachten sehr, versicherten indessen, daß ein solches Ding, wie das, was er beschreibe, keineswegs angelangt. Wohl wären aber vor kaum zehn Minuten zwei sehr stattliche Reiter auf schönen Pferden im Gasthause zum „Geflügelten Roß" abgestiegen. „Saß der eine von ihnen auf dem Pferde, das eben nach dem Stall geführt wurde?" so fragte Fabian. „Allerdings," erwiderte einer, „allerdings. Der, der auf jenem Pferde saß, war von etwas kleiner Statur, aber von zierlichem Körperbau, angenehmen Gesichtszügen und hatte die schönsten Lockenhaare, die man sehen kann. Dabei zeigte er sich als den vortrefflichsten Reiter, denn er schwang sich mit einer Behendigkeit, mit einem Anstande vom Pferde herab, wie der erste Stallmeister unseres Fürsten." – „Und," rief Fabian, „und verlor nicht die Reitstiefel und kugelte euch nicht vor die Füße?" – „Gott behüte," erwiderten alle einstimmig, „Gott behüte! – was denkst du Bruder! solch ein tüchtiger Reiter wie der Kleine!" – Fabian wußte gar nicht, was er sagen sollte. Da kam Balthasar die Straße herab. Auf den stürzte Fabian los, zog ihn heran und erzählte, wie der kleine Knirps, der ihnen vor dem Tor begegnet und vom Pferde herabgefallen, hier eben angekommen sei und von allen für einen schönen Mann von zierlichem Gliederbau und für den vortrefflichsten Reiter gehalten werde. „Du siehst," erwiderte Balthasar ernst und gelassen, „du siehst, lieber Bruder Fabian, daß nicht alle so wie du über unglückliche, von der Natur verwahrloste Menschen lieblos spottend herfallen." – „Aber du mein Himmel," fiel ihm Fabian ins Wort, „hier ist ja gar nicht von Spott und Lieblosigkeit die Rede, sondern nur davon, ob ein drei Fuß hohes Kerlein, der einem Rettich gar nicht unähnlich, ein schöner zierlicher Mann zu nennen?" – Balthasar mußte, was Wuchs und Ansehen des kleinen Studenten betraf, Fabians Aussage bestätigen. Die andern versicherten, daß der kleine Reiter ein hübscher zierlicher Mann sei, wogegen Fabian und Balthasar fortwährend behaupteten, sie hätten nie einen scheußlicheren Däumling erblickt. Dabei blieb es, und alle gingen voll Verwunderung auseinander.

Der späte Abend brach ein, die beiden Freunde begaben sich zusammen nach ihrer Wohnung. Da fuhr es dem Balthasar, selbst wußte er nicht wie, heraus, daß er dem Professor Mosch Terpin begegnet, der ihn auf den folgenden Abend zu sich geladen. „Ei, du glücklicher," rief Fabian, „ei, du überglücklicher Mensch! – da wirst du dein Liebchen, die hübsche Mamsell Candida, sehen, hören, sprechen!" – Balthasar, aufs neue tief verletzt, riß sich los von Fabian und wollte fort. Doch besann er sich, blieb stehen und sprach, seinen Verdruß mit Gewalt niederkämpfend: „Du magst recht haben, lieber Bruder, daß du mich für einen albernen verliebten Gecken hältst, ich bin es vielleicht wirklich. Aber diese Albernheit ist eine tiefe schmerzhafte Wunde, die meinem Gemüt geschlagen, und die, auf unvorsichtige Weise berührt, im heftigeren Weh mich zu allerlei Tollheit aufreizen könnte. Darum, Bruder, wenn du mich wirklich lieb hast, so nenne mir nicht mehr den Namen Candida!" – „Du nimmst," erwiderte Fabian, „du nimmst, mein lieber Freund Balthasar, die Sache wieder entsetzlich tragisch, und anders läßt sich das auch in deinem Zustande nicht erwarten. Aber um mit dir nicht in allerlei häßlichen Zwiespalt zu geraten, verspreche ich, daß der Name Candida nicht eher über meine Lippen kommen soll, bis du selbst mir Gelegenheit dazu gibst. Nur so viel erlaube mir heute noch zu sagen, daß ich allerlei Verdruß vorausgehe, in den dich dein Verliebtsein stürzen wird. Candida ist ein gar hübsches herrliches Mägdlein, aber zu deiner melancholischen, schwärmerischen Gemütsart paßt sie ganz und gar nicht. Wirst du näher mit ihr bekannt, so wird ihr unbefangenes heitres Wesen dir Mangel an Poesie, die du überall vermissest, scheinen. Du wirst in allerlei wunderliche Träumereien geraten, und das Ganze wird mit entsetzlichem eingebildeten Weh und genügender Verzweiflung tumultuarisch enden. – Übrigens bin ich ebenso wie du auf morgen zu unserm Professor eingeladen, der uns mit sehr schönen Experimenten unterhalten wird! – Nun gute Nacht, fabelhafter Träumer! Schlafe, wenn du schlafen kannst vor solch wichtigem Tage wie der morgende!"

Damit verließ Fabian den Freund, der in tiefes Nachdenken versunken. – Fabian mochte nicht ohne Grund allerlei pathetische Unglücksmomente voraussehen, die sich mit Candida und Balthasar wohl zutragen konnten; denn beider Wesen und Gemütsart schien in der Tat Anlaß genug dazu zu geben.

Candida war, jeder mußte das eingestehen, ein bildhübsches Mädchen, mit recht ins Herz hinein strahlenden Augen und etwas aufgeworfenen Rosenlippen. Ob ihre übrigens schönen Haare, die sie in wunderlichen Flechten gar fantastisch aufzunesteln wußte, mehr blond oder mehr braun zu nennen, habe ich vergessen, nur erinnere ich mich sehr gut der seltsamen Eigenschaft, daß sie immer dunkler und dunkler wurden, je länger man sie anschaute. Von schlankem hohen Wuchs, leichter Bewegung, war das Mädchen, zumal in lebenslustiger Umgebung, die Huld, die Anmut selbst, und man übersah es bei so vielem körperlichen Reiz sehr gern, daß Hand und Fuß vielleicht kleiner und zierlicher hätten gebaut sein können. Dabei hatte Candida Goethes „Wilhelm Meister", Schillers Gedichte und Fouqués „Zauberring" gelesen und beinahe alles, was darin enthalten, wieder vergessen; spielte ganz passabel das Pianoforte, sang sogar zuweilen dazu; tanzte die neuesten Françaisen und Gavotten und schrieb die Waschzettel mit einer feinen leserlichen Hand.

Wollte man durchaus an dem lieben Mädchen etwas aussetzen, so war es vielleicht, daß sie etwas zu tief sprach, sich zu fest einschnürte, sich zu lange über einen neuen Hut freute und zuviel Kuchen zum Tee verzehrte. Überschwenglichen Dichtern war freilich noch vieles andere an der hübschen Candida nicht recht, aber was verlangen die auch alles. Fürs erste wollen sie, daß das Fräulein über alles, was sie von sich verlauten lassen, in ein somnambüles Entzücken gerate, tief seufze, die Augen verdrehe, gelegentlich auch wohl was weniges ohnmächtle oder gar zurzeit erblinde als höchste Stufe der weiblichsten Weiblichkeit. Dann muß besagtes Fräulein des Dichters Lieder singen nach der Melodie, die ihm (dem Fräulein) selbst aus dem Herzen geströmt, augenblicklich aber davon krank werden und selbst auch wohl Verse machen, sich aber sehr schämen, wenn es herauskommt, ungeachtet die Dame dem Dichter ihre Verse, auf sehr feinem wohlriechenden Papier mit zarten Buchstaben geschrieben, selbst in die Hände spielte, der dann auch seinerseits vor Entzücken darüber erkrankt, welches ihm gar nicht zu verdenken ist. Es gibt poetische Aszetiker, die noch weiter gehen und es aller weiblichen Zartheit entgegen finden, daß ein Mädchen lachen, essen und trinken und sich zierlich nach der Mode kleiden sollte. Sie gleichen beinahe dem heiligen Hieronymus, der den Jungfrauen verbietet Ohrgehänge zu tragen und Fische zu essen. Sie sollen, so gebietet der Heilige, nur etwas zubereitetes Gras genießen, beständig hungrig sein, ohne es zu fühlen, sich in grobe, schlecht genähte Kleider hüllen, die ihren Wuchs verbergen, vorzüglich aber eine Person zur Gefährtin wählen, die ernsthaft, bleich, traurig und etwas schmutzig ist! -

Candida war durch und durch ein heitres unbefangenes Wesen, deshalb ging ihr nichts über ein Gespräch, das sich auf den leichten luftigen Schwingen des unverfänglichsten Humors bewegte. Sie lachte recht herzlich über alles Drollige; sie seufzte nie, als wenn Regenwetter ihr den gehofften Spaziergang verdarb oder, aller Vorsicht ungeachtet, der neue Shawl einen Fleck bekommen hatte. Dabei blickte, gab es wirklichen Anlaß dazu, ein tiefes inniges Gefühl hindurch, das nie in schale Empfindelei ausarten durfte, und so mochte mir und dir, geliebter Leser, die wir nicht zu den Überschwenglichen gehören, das Mädchen eben ganz recht sein. Sehr leicht konnte es mit Balthasar sich anders verhalten! – Doch bald muß es sich ja wohl zeigen, inwiefern der prosaische Fabian richtig prophezeit hatte oder nicht! -

Daß Balthasar vor lauter Unruhe, vor unbeschreiblichem süßen Bangen die ganze Nacht hindurch nicht schlafen konnte: was war natürlicher als das. Ganz erfüllt von dem Bilde der Geliebten, setzte er sich hin an den Tisch und schrieb eine ziemliche Anzahl artiger wohlklingender Verse nieder, die in einer mystischen Erzählung von der Liebe der Nachtigall zur Purpurrose seinen Zustand schilderten. Die wollt' er mitnehmen in Mosch Terpins literarischen Tee und damit losfahren auf Candidas unbewahrtes Herz, wenn und wie es nur möglich.

Fabian lächelte ein wenig, als er, der Verabredung gemäß, zur bestimmten Stunde kam, um seinen Freund Balthasar abzuholen, und ihn zierlicher geputzt fand, als er ihn jemals gesehen. Er hatte einen gezackten Kragen von den feinsten Brüßler Kanten umgetan, sein kurzes Kleid mit geschlitzten Ärmeln war von gerissenem Samt. Und dazu trug er französische Stiefeln mit hohen spitzen Absätzen und silbernen Fransen, einen englischen Hut vom feinsten Kastor und dänische Handschuhe. So war er ganz deutsch gekleidet, und der Anzug stand ihm über alle Maßen gut, zumal er sein Haar schön kräuseln lassen und das kleine Stutzbärtchen wohl aufgekämmt hatte.

Das Herz bebte dem Balthasar vor Entzücken, als in Mosch Terpins Hause Candida ihm entgegentrat, ganz in der Tracht der altdeutschen Jungfrau, freundlich, anmutig in Blick und Wort, im ganzen Wesen, wie man sie immer zu sehen gewohnt. „Mein holdseligstes Fräulein!" seufzte Balthasar aus dem Innersten auf, als Candida, die süße Candida selbst, eine Tasse dampfenden Tee ihm darbot. Candida schaute ihn aber an mit leuchtenden Augen und sprach: „Hier ist Rum und Maraschino, Zwieback und Pumpernickel, lieber Herr Balthasar, greifen Sie doch nur gefälligst zu nach Ihrem Belieben!" Statt aber auf Rum und Maraschino, Zwieback oder Pumpernickel zu schauen oder gar zuzugreifen, konnte der begeisterte Balthasar den Blick voll schmerzlicher Wehmut der innigsten

Liebe nicht abwenden von der holden Jungfrau und rang nach Worten, die aus tiefster Seele aussprechen sollten, was er eben empfand. Da faßte ihn aber der Professor der Ästhetik, ein großer baumstarker Mann, mit gewaltiger Faust von hinten, drehte ihn herum, daß er mehr Teewasser auf den Boden verschüttete, als eben schicklich, und rief mit donnernder Stimme: „Bester Lukas Kranach, saufen Sie nicht das schnöde Wasser, Sie verderben sich den deutschen Magen total – dort im andern Zimmer hat unser tapfere Mosch eine Batterie der schönsten Flaschen mit edlem Rheinwein aufgepflanzt, die wollen wir sofort spielen lassen!" – Er schleppte den unglücklichen Jüngling fort.

Doch aus dem Nebenzimmer trat ihnen der Professor Mosch Terpin entgegen, ein kleines, sehr seltsames Männlein an der Hand führend und laut rufend: „Hier, meine Damen und Herren, stelle ich Ihnen einen mit den seltensten Eigenschaften hochbegabten Jüngling vor, dem es nicht schwer fallen wird, sich Ihr Wohlwollen, Ihre Achtung zu erwerben. Es ist der junge Herr Zinnober, der erst gestern auf unsere Universität gekommen und die Rechte zu studieren gedenkt!" – Fabian und Balthasar erkannten auf den ersten Blick den kleinen wunderlichen Knirps, der vor dem Tore ihnen entgegengesprengt und vom Pferde gestürzt war.

„Soll ich," sprach Fabian leise zu Balthasar, „soll ich denn noch das Alräunchen herausfordern auf Blasrohr oder Schusterpfriem? Anderer Waffen kann ich mich doch nicht bedienen wider diesen furchtbaren Gegner."

„Schäme dich," erwiderte Balthasar, „schäme dich, daß du den verwahrlosten Mann verspottest, der, wie du hörst, die seltensten Eigenschaften besitzt und so durch geistigen Wert das ersetzt, was die Natur ihm an körperlichen Vorzügen versagte." Dann wandte er sich zum Kleinen und sprach: „Ich hoffe nicht, bester Herr Zinnober, daß Ihr gestriger Fall vom Pferde etwa schlimme Folgen gehabt haben wird?" Zinnober hob sich aber, indem er einen kleinen Stock, den er in der Hand trug, hinten unterstemmte, auf den Fußspitzen in die Höhe, so daß er dem Balthasar beinahe bis an den Gürtel reichte, warf den Kopf in den Nacken, schaute mit wildfunkelnden Augen herauf und sprach in seltsam schnurrendem Baßton: „Ich weiß nicht, was Sie wollen, wovon Sie sprechen, mein Herr! Vom Pferde gefallen? – *ich* vom Pferde gefallen? – Sie wissen wahrscheinlich nicht, daß ich der beste Reiter bin, den es geben kann, daß ich niemals vom Pferde falle, daß ich als Freiwilliger unter den Kürassieren den Feldzug mitgemacht und Offizieren und Gemeinen Unterricht gab im Reiten auf der Manège! – hm hm – vom Pferde fallen – ich vom Pferde fallen!" – Damit wollte er sich rasch umwenden, der Stock, auf den er sich gestützt, glitt aber aus, und der Kleine torkelte um und um, dem Balthasar vor die Füße. Balthasar griff herab nach dem Kleinen, ihm aufzuhelfen, und berührte dabei unversehens sein Haupt. Da stieß der Kleine einen gellenden Schrei aus, daß es im ganzen Saal widerhallte und die Gäste erschrocken auffuhren von ihren Sitzen. Man umringte den Balthasar und fragte durcheinander, warum er denn um des Himmels willen so entsetzlich geschrieen. „Nehmen Sie es nicht übel, bester Herr Balthasar," sprach der Professor Mosch Terpin, „aber das war ein etwas wunderlicher Spaß. Denn wahrscheinlich wollten Sie uns doch glauben machen, es trete hier jemand einer Katze auf den Schwanz!" „Katze Katze – weg mit der Katze!" rief eine nervenschwache Dame und fiel sofort in Ohnmacht, und mit dem Geschrei: „Katze – Katze" – rannten ein paar alte Herren, die an derselben Idiosynkrasie litten, zur Türe hinaus.

Candida, die ihr ganzes Riechfläschchen auf die ohnmächtige Dame ausgegossen, sprach leise zu Balthasar: „Aber was richten Sie auch für Unheil an mit Ihrem häßlichen gellenden Miau, lieber Herr Balthasar!"

Dieser wußte gar nicht, wie ihm geschah. Glutrot im ganzen Gesicht vor Unwillen und Scham, vermochte er kein Wort herauszubringen, nicht zu sagen, daß es ja der kleine Herr Zinnober und nicht *er* gewesen, der so entsetzlich gemauzt.

Der Professor Mosch Terpin sah des Jünglings schlimme Verlegenheit. Er nahte sich ihm freundlich und sprach: „Nun, nun, lieber Herr Balthasar, sein Sie doch nur ruhig. Ich habe wohl alles bemerkt. Sich zur Erde bückend, auf allen Vieren hüpfend, ahmten Sie den gemißhandelten grimmigen Kater herrlich nach. Ich liebe sonst sehr dergleichen naturhistorische Spiele, doch hier im literarischen Tee" – „Aber," platzte

Balthasar heraus, „aber, vortrefflichster Herr Professor, ich war es ja nicht." – „Schon gut – schon gut," fiel ihm der Professor in die Rede. Candida trat zu ihnen. „Tröste mir," sprach der Professor zu dieser, „tröste mir doch den guten Balthasar, der ganz betreten ist über alles Unheil, was geschehen."

Der gutmütigen Candida tat der arme Balthasar, der ganz verwirrt mit niedergesenktem Blick vor ihr stand, herzlich leid. Sie reichte ihm die Hand und lispelte mit anmutigem Lächeln: „Es sind aber auch recht komische Leute, die sich so entsetzlich vor Katzen fürchten."

Balthasar drückte Candidas Hand mit Inbrunst an die Lippen. Candida ließ den seelenvollen Blick ihrer Himmelsaugen auf ihm ruhen. Er war verzückt in den höchsten Himmel und dachte nicht mehr an Zinnober und Katzengeschrei. – Der Tumult war vorüber, die Ruhe wieder hergestellt. Am Teetisch saß die nervenschwache Dame und genoß mehreren Zwieback, den sie in Rum tunkte, versichernd, an dergleichen erlabe sich das von feindlicher Macht bedrohte Gemüt, und dem jähen Schreck folge sehnsüchtig Hoffen! -

Auch die beiden alten Herren, denen draußen wirklich ein flüchtiger Kater zwischen die Beine gelaufen, kehrten beruhigt zurück und suchten, wie mehrere andere, den Spieltisch.

Balthasar, Fabian, der Professor der Ästhetik, mehrere junge Leute setzten sich zu den Frauen. Herr Zinnober hatte sich indessen eine Fußbank herangerückt und war mittelst derselben auf das Sofa gestiegen, wo er nun in der Mitte zwischen zwei Frauen saß und stolze funkelnde Blicke um sich warf.

Balthasar glaubte, daß der rechte Augenblick gekommen, mit seinem Gedicht von der Liebe der Nachtigall zur Purpurrose hervorzurücken. Er äußerte daher mit der gehörigen Verschämtheit, wie sie bei jungen Dichtern im Brauch ist, daß er, dürfe er nicht fürchten, Überdruß und Langeweile zu erregen, dürfe er auf gütige Nachsicht der geehrten Versammlung hoffen, es wagen wolle, ein Gedicht, das jüngste Erzeugnis seiner Muse, vorzulesen.

Da die Frauen schon hinlänglich über alles verhandelt, was sich Neues in der Stadt zugetragen, die Mädchen den letzten Ball bei dem Präsidenten gehörig durchgesprochen und sogar über die Normalform der neuesten Hüte einig worden, da die Männer unter zwei Stunden nicht auf weitere Speis- und Tränkung rechnen durften, so wurde Balthasar einstimmig aufgefordert, der Gesellschaft ja den herrlichen Genuß nicht vorzuenthalten.

Balthasar zog das sauber geschriebene Manuskript hervor und las.

Sein eignes Werk, das in der Tat aus wahrhaftem Dichtergemüt mit voller Kraft, mit regem Leben hervorgeströmt, begeisterte ihn mehr und mehr. Sein Vortrag, immer leidenschaftlicher steigend, verriet die innere Glut des liebenden Herzens. Er bebte vor Entzücken, als leise Seufzer – manches leise Ach – der Frauen, mancher Ausruf der Männer: „Herrlich – vortrefflich – göttlich!“ ihn überzeugten, daß sein Gedicht alle hinriß.

Endlich hatte er geendet. Da riefen alle: „Welch ein Gedicht! – welche Gedanken – welche Fantasie – was für schöne Verse – welcher Wohlklang – Dank – Dank Ihnen, bester Herr Zinnober, für den göttlichen Genuß“ -

„Was? wie?“ rief Balthasar; aber niemand achtete auf ihn, sondern stürzte auf Zinnober zu, der sich auf dem Sofa blähte wie ein kleiner Puter und mit widriger Stimme schnarchte: „Bitte recht sehr – bitte recht sehr – müssen so vorlieb nehmen! – ist eine Kleinigkeit, die ich erst vorige Nacht aufschrieb in aller Eil'!“ – Aber der Professor der Ästhetik schrie: „Vortrefflicher – göttlicher Zinnober! Herzensfreund, außer mir bist du der erste Dichter, den es jetzt gibt auf Erden! – Komm an meine Brust, schöne Seele!“ – Damit riß er den Kleinen vom Sofa auf in die Höhe und herzte und küßte ihn. Zinnober betrug sich dabei sehr ungebärdig. Er arbeitete mit den kleinen Beinchen auf des Professors dickem Bauch herum und quäkte: „Laß mich los – laß mich los – es tut mir weh – weh – weh ich kratz' dir die Augen aus – ich beiß' dir die Nase entzwei!“ – Nein,“ rief der Professor, indem er den Kleinen niedersetzte auf den Sofa, „nein, holder Freund, keine zu weit getriebene Bescheidenheit!“ – Mosch Terpin war nun auch vom Spieltisch herangetreten, der nahm Zinnobers

Händchen, drückte es und sprach sehr ernst: „Vortrefflich, junger Mann! – nicht zuviel, nein, nicht genug sprach man mir von dem hohen Genius, der Sie beseelt." „Wer ist's," rief nun wieder der Professor der Ästhetik in voller Begeisterung aus, „wer ist's von euch Jungfrauen, der dem herrlichen Zinnober sein Gedicht, das das innigste Gefühl der reinsten Liebe ausspricht, lohnt durch einen Kuß?"

Da stand Candida auf, nahete sich, volle Glut auf den Wangen, dem Kleinen, kniete nieder und küßte ihn auf den garstigen Mund mit blauen Lippen. „Ja," schrie nun Balthasar, wie vom Wahnsinn plötzlich erfaßt, „ja, Zinnober – göttlicher Zinnober, du hast das tiefsinnige Gedicht gemacht von der Nachtigall und der Purpurrose, dir gebührt der herrliche Lohn, den du erhalten!" -

Und damit riß er den Fabian ins Nebenzimmer hinein und sprach: „Tu mir den Gefallen und schaue mich recht fest an und dann sage mir offen und ehrlich, ob ich der Student Balthasar bin oder nicht, ob du wirklich Fabian bist, ob wir in Mosch Terpins Hause sind, ob wir im Traume liegen – ob wir närrisch sind – zupfe mich an der Nase oder rüttle mich zusammen, damit ich nur erwache aus diesem verfluchten Spuk!" -

„Wie magst," erwiderte Fabian, „wie magst du dich denn nur so toll gebärden aus purer heller Eifersucht, weil Candida den Kleinen küßte. Gestehen mußt du doch selbst, daß das Gedicht, welches der Kleine vorlas, in der Tat vortrefflich war." – „Fabian," rief Balthasar mit dem Ausdruck des tiefsten Erstaunens, „was sprichst du denn?" „Nun ja," fuhr Fabian fort, „nun ja, das Gedicht des Kleinen war vortrefflich, und gegönnt hab' ich ihm Candidas Kuß. – Überhaupt scheint hinter dem seltsamen Männlein allerlei zu stecken, das mehr wert ist als eine schöne Gestalt. Aber was auch selbst seine Figur betrifft, so kommt er mir jetzt nichts weniger als so abscheulich vor wie anfangs. Beim Ablesen des Gedichts verschönerte die innere Begeisterung seine Gesichtszüge, so daß er mir oft ein anmutiger wohlgewachsener Jüngling zu sein schien, ungeachtet er doch kaum über den Tisch hervorragte. Gib deine unnütze Eifersucht auf, befreunde dich als Dichter mit dem Dichter!"

„Was," schrie Balthasar voll Zorn, „was? – noch befreunden mit dem verfluchten Wechselbalge, den ich erwürgen möchte mit diesen Fäusten?"

„So," sprach Fabian, „so verschließest du dich denn aller Vernunft. Doch laß uns in den Saal zurückkehren, wo sich etwas Neues begeben muß, da ich laute Beifallsrufe vernehme."

Mechanisch folgte Balthasar dem Freunde in den Saal.

Als sie eintraten, stand der Professor Mosch Terpin allein in der Mitte, die Instrumente noch in der Hand, womit er irgendein physikalisches Experiment gemacht, starres Staunen im Gesicht. Die ganze Gesellschaft hatte sich um den kleinen Zinnober gesammelt, der, den Stock untergestemmt, auf den Fußspitzen dastand und mit stolzem Blick den Beifall einnahm, der ihm von allen Seiten zuströmte. Man wandte sich wieder zum Professor, der ein anderes sehr artiges Kunststückchen machte. Kaum war es fertig, als wiederum alle, den Kleinen umringend, riefen: „Herrlich – vortrefflich, lieber Herr Zinnober!" -

Endlich sprang auch Mosch Terpin zu dem Kleinen hin und rief zehnmal stärker als die übrigen: „Herrlich – vortrefflich, lieber Herr Zinnober!"

Es befand sich in der Gesellschaft der junge Fürst Gregor, der auf der Universität studierte. Der Fürst war von der anmutigsten Gestalt, die man nur sehen konnte, und dabei war sein Betragen so edel und ungezwungen, daß sich die hohe Abkunft, die Gewohnheit, sich in den vornehmsten Kreisen zu bewegen, darin deutlich aussprach.

Fürst Gregor war es nun, der gar nicht von Zinnober wich und ihn als den herrlichsten Dichter, den geschicktesten Physiker über alle Maßen lobte.

Seltsam war die Gruppe, die beide, zusammenstehend, bildeten. Gegen den herrlich gestalteten Gregor stach gar wunderlich das winzige Männlein ab, das mit hoch emporgereckter Nase sich kaum auf den dünnen Beinchen zu erhalten vermochte. Alle Blicke der Frauen waren hingerichtet, aber nicht auf den Fürsten, sondern auf den Kleinen, der, sich auf den Fußspitzen hebend, immer wieder herabsank und so hinauf und hinunter wankte wie ein Cartesianisches Teufelchen.

Der Professor Mosch Terpin trat zu Balthasar und sprach: „Was sagen Sie zu meinem Schützling, zu meinem lieben Zinnober? Viel steckt hinter dem Mann, und nun ich ihn so recht anschaue, ahne ich wohl die eigentliche Bewandtnis, die es mit ihm haben mag. Der Prediger, der ihn erzogen und mir empfohlen hat, drückt sich über seine Abkunft sehr geheimnisvoll aus. Betrachten Sie aber nur den edlen Anstand, sein vornehmes, ungezwungenes Betragen. Er ist gewiß von fürstlichem Geblüt, vielleicht gar ein Königssohn!" – In dem Augenblick wurde gemeldet, das Mahl sei angerichtet. Zinnober torkelte ungeschickt hin zur Candida, ergriff täppisch ihre Hand und führte sie nach dem Speisesaal.

In voller Wut rannte der unglückliche Balthasar durch die finstre Nacht, durch Sturmwind und Regen fort, nach Hause.

Viertes Kapitel

Wie der italienische Geiger Sbiocca den Herrn Zinnober in den Kontrabaß zu werfen drohte, und der Referendarius Pulcher nicht zu auswärtigen Angelegenheiten gelangen konnte. – Von Maut-Offizianten und zurückbehaltenen Wundern fürs Haus. – Balthasars Bezauberung durch einen Stockknopf.

Auf einem hervorragenden bemoosten Gestein im einsamsten Walde saß Balthasar und schaute gedankenvoll hinab in die Tiefe, in der ein Bach schäumend fortbrauste zwischen Felsstücken und dicht verwachsenem Gestrüpp. Dunkle Wolken zogen daher und tauchten nieder hinter den Bergen; das Rauschen der Bäume, der Gewässer ertönte wie ein dumpfes Winseln, und dazwischen kreischten Raubvögel, die aus dem finstern Dickicht aufstiegen in den weiten Himmelsraum und sich nachschwangen dem fliehenden Gewölk. -

Dem Balthasar war, als vernehme er in den wunderbaren Stimmen des Waldes die trostlose Klage der Natur, als müsse er selbst untergehen in dieser Klage, als sei sein ganzes Sein nur das Gefühl des tiefsten unverwindlichsten Schmerzes. Das Herz wollte ihm springen vor Wehmut, und indem häufige Tränen aus seinen Augen tröpfelten, war es, als blickten die Geister des Waldstroms zu ihm herauf und streckten schneeweiße Arme empor aus den Wellen, ihn hinabzuziehen in den kühlen Grund.

Da schwebte aus weiter Ferne durch die Lüfte daher heller fröhlicher Hörnerklang und legte sich tröstend an seine Brust, und die Sehnsucht erwachte in ihm und mit ihr süßes Hoffen. Er sah umher, und indem die Hörner forttönten, dünkten ihm die grünen Schatten des Waldes nicht mehr so traurig, nicht mehr so klagend das Rauschen des Windes, das Flüstern der Gebüsche. Er kam zu Worten.

„Nein," rief er aus, indem er aufsprang von seinem Sitz und mit leuchtendem Blick in die Ferne schaute, „nein, noch verschwand nicht alle Hoffnung! – Nur zu gewiß ist es, daß irgendein düstres Geheimnis, irgendein böser Zauber verstörend in mein Leben getreten ist, aber ich breche diesen Zauber, und sollt' ich darüber untergehen! Als ich endlich hingerissen, übermannt von dem Gefühl, das meine Brust zersprengen wollte, der holden, süßen Candida meine Liebe gestand, las ich denn nicht in ihren Blicken, fühlte ich nicht an dem Druck ihrer Hand meine Seligkeit? – Aber sowie das verdammte kleine Ungetüm sich sehen läßt, ist ihm alle Liebe zugewandt. An ihr, der vermaledeiten Mißgeburt, hängen Candidas Augen, und sehnsüchtige Seufzer entfliehen ihrer Brust, wenn der täppische Junge sich ihr nähert oder gar ihre Hand berührt. – Es muß mit ihm irgendeine geheimnisvolle Bewandtnis haben, und sollt' ich an alberne Ammenmärchen glauben, ich würde behaupten, der Junge sei verhext und könne es, wie man zu sagen pflegt, den Leuten antun. Ist es nicht toll, daß alle über das mißgestaltete, durch und durch verwahrloste Männlein spotten und lachen und dann wieder, tritt der Kleine dazwischen, ihn als den verständigsten, gelehrtesten, ja wohlgestaltetsten Herrn Studiosum ausschreien, der sich eben unter uns befindet? – Was sage ich! geht es mir nicht beinahe selbst so, kommt es mir nicht auch oft vor, als sei Zinnober gescheut und hübsch? – Nur in Candidas Gegenwart hat der Zauber keine Macht über mich, da ist und bleibt Herr Zinnober ein dummes, abscheuliches Alräunchen. – Doch! - ich stemme mich entgegen der feindlichen Macht, eine dunkle Ahnung ruht tief in meinem Innern, irgend etwas Unerwartetes werde mir die Waffe in die Hand geben wider den bösen Unhold!“ -

Balthasar suchte den Rückweg nach Kerepes. In einem Baumgange fortwandernd, bemerkte er auf der Landstraße einen kleinen bepackten Reisewagen, aus dem ihm jemand mit einem weißen Tuch freundlich zuwinkte. Er trat heran und erkannte Herrn Vincenzo Sbiocca, weltberühmten Virtuosen auf der Geige, den er wegen seines vortrefflichen ausdrucksvollen Spiels über alle Maßen hochschätzte und bei dem er schon seit zwei Jahren Unterricht genommen. „Gut,“ rief Sbiocca, indem er aus dem Wagen sprang, „gut, mein lieber Herr Balthasar, mein teurer Freund und Schüler, gut, daß ich Sie hier noch treffe, um von Ihnen herzlichen Abschied nehmen zu können.“

„Wie,“ sprach Balthasar, „wie Herr Sbiocca, Sie verlassen doch nicht Kerepes, wo alles Sie ehrt und achtet. wo keiner Sie missen mag?“

„Ja,“ erwiderte Sbiocca, indem ihm alle Glut des innern Zorns ins Gesicht trat, „ja, Herr Balthasar, ich verlasse einen Ort, in dem die Leute sämtlich närrisch sind, der einem großen Irrenhause gleicht. – Sie waren gestern nicht in meinem Konzert, da Sie über Land gegangen, sonst hätten Sie mir beistehen können gegen das rasende Volk, dem ich unterlegen.“

„Was ist geschehen, um tausend Himmels willen, was ist geschehen?“ rief Balthasar.

„Ich spiele,“ fuhr Sbiocca fort, „das schwierigste Konzert von Viotti. Es ist mein Stolz, meine Freude. Sie haben es von mir gehört, es hat Sie nie unbegeistert gelassen. Gestern war ich, wohl mag ich es sagen, ganz vorzüglich bei guter Laune – anima mein' ich, heitren Geistes – spirito alato mein' ich. Kein Violinspieler auf der ganzen weiten Erde, Viotti selbst hätte mir nicht nachgespielt. Als ich geendet, bricht der Beifall mit aller Wut los – furore mein' ich, wie ich erwartet. Geige unter dem Arm trete ich vor, mich höflichst zu bedanken. – Aber! was muß ich sehen, was muß ich hören! – Alles, ohne mich nur im mindesten zu beachten, drängt sich nach einer Ecke des Saals und schreit: Bravo – bravissimo, göttlicher Zinnober! – welch ein Spiel – welche Haltung, welcher Ausdruck, welche Fertigkeit! – Ich renne hin, dränge mich durch! - da steht ein drei Spannen hoher verwachsener Kerl und schnarrt mit widriger Stimme: Bitte, bitte, recht sehr, habe gespielt, wie es in meinen Kräften stand, bin freilich nunmehr der stärkste Violinist in Europa und den übrigen bekannten Weltteilen. Tausend Teufel, schrie ich, wer hat denn gespielt, ich oder der Erdwurm da! – Und als der Kleine immer fortschnarcht: Bitte, bitte ergebenst, will ich auf ihn los und ihn fassen, in die ganze Applikatur greifend. Aber da stürzen sie auf mich los und reden wahnsinniges Zeug von Neid, Eifersucht und Mißgunst. Unterdessen ruft einer: Und welche Komposition! und alle einstimmig rufen hintendrein: Und welche Komposition – göttlicher Zinnober! – sublimer Komponist! Noch ärger als zuvor schrie ich: Ist denn alles rasend – besessen? das Konzert war von Viotti, und ich – ich – der weltberühmte Vincenzo Sbiocca hat es gespielt! Aber nun packen sie mich fest, sprechen von italienischer Tollheit – rabbia mein' ich, von seltsamen Zufällen, bringen mich mit Gewalt in ein Nebenzimmer, behandeln mich wie einen Kranken, wie einen Wahnsinnigen. Nicht lange dauert es, so stürzt Signora Bragazzi hinein und fällt ohnmächtig nieder. Ihr war es ergangen wie mir. Sowie sie ihre Arie geendet, erdröhnte der Saal von dem: Brava – bravissima – Zinnober, und alle schrien, keine solche Sängerin gäb' es mehr auf Erden als Zinnober, und der schnarchte wieder sein verfluchtes: Bitte – bitte! – Signora Bragazzi liegt im Fieber und wird baldigst verscheiden; ich meinesteils rette mich durch die Flucht vor dem wahnsinnigen Volke. Leben Sie wohl, bester Herr Balthasar! – Sehn Sie etwa den Signorino Zinnober, so sagen Sie ihm gefälligst, er möge sich nicht irgendwo in einem Konzert blicken lassen, in dem ich zugegen. Unfehlbar würd' ich ihn sonst bei seinen Käferbeinchen packen und durchs F-Loch in den Kontrabaß schmeißen, da könne er denn zeit seines Lebens Konzerte spielen und Arien singen, wie er nur Lust hätte. Leben Sie wohl, mein geliebter Balthasar, und legen Sie die Violine nicht beiseite!“ – Damit umarmte Herr Vincenzo Sbiocca den vor Staunen erstarrten Balthasar und stieg in den Wagen, der schnell davonrollte.

„Hab' ich denn nicht recht,“ sprach Balthasar zu sich selbst, „hab' ich denn nicht recht, das unheimliche Ding, der Zinnober, ist verhext und tut es den Leuten an.“ – In dem Augenblick rannte ein junger Mensch vorüber, bleich - verstört, Wahnsinn und Verzweiflung im Antlitz. Dem Balthasar fiel es schwer aufs Herz. Er glaubte in dem Jünglinge einen seiner Freunde erkannt zu haben und sprang ihm daher schnell nach in den Wald.

Kaum zwanzig – dreißig Schritte gelaufen, wurde er den Referendarius Pulcher gewahr, der unter einem großen Baume stehen geblieben und mit himmelwärts gerichtetem Blick also sprach: „Nein! – nicht länger dulden diese Schmach! – Alle Hoffnung des Lebens ist dahin! – jede Aussicht nur ins Grab gerichtet – Fahre wohl – Leben – Welt – Hoffnung – Geliebte.“ -

Und damit riß der verzweiflungsvolle Referendarius eine Pistole aus dem Busen und drückte sie sich an die Stirne.

Balthasar stürzte mit Blitzesschnelle auf ihn zu, schleuderte ihm die Pistole weit weg aus der Hand und rief: „Pulcher! um Gottes willen, was ist dir, was tust du!“

Der Referendarius konnte einige Minuten hindurch nicht zu sich selbst kommen. Er war halb ohnmächtig niedergesunken auf den Rasen; Balthasar hatte sich zu ihm gesetzt und sprach tröstende Worte, wie er es nur vermochte, ohne die Ursache von Pulchers Verzweiflung zu wissen.

Hundertmal hatte Balthasar gefragt, was dem Referendarius denn Schreckliches geschehen, das den schwarzen Gedanken des Selbstmords in ihm rege gemacht. Da seufzte Pulcher endlich tief auf und begann: „Du kennst, lieber Freund Balthasar, meine bedrängte Lage, du weißt, wie ich all meine Hoffnung auf die Stelle des geheimen Expedienten gesetzt, die bei dem Minister der auswärtigen Angelegenheiten offen; du weißt, mit welchem Eifer, mit welchem Fleiß ich mich darauf vorbereitet. Ich hatte meine Ausarbeitungen eingereicht, die, wie ich zu meiner Freude erfuhr, den vollsten Beifall des Ministers erhalten. Mit welcher Zuversicht stellte ich mich heute vormittag zur mündlichen Prüfung! – Ich fand im Zimmer einen kleinen, mißgeschaffenen Kerl, den du wohl unter dem Namen des Herrn Zinnober kennen wirst. Der Legationsrat, dem die Prüfung übertragen, trat mir freundlich entgegen und sagte mir, zu derselben Stelle, die ich zu erhalten wünsche, habe sich auch Herr Zinnober gemeldet, er werde uns *beide* daher prüfen. Dann raunte er mir leise ins Ohr: Sie haben von Ihrem Mitbewerber nichts zu befürchten, bester Referendarius, die Arbeiten, die der kleine Zinnober eingereicht, sind erbärmlich! Die Prüfung begann, keine Frage des Rats ließ ich unbeantwortet. Zinnober wußte nichts, gar nichts; statt zu antworten, schnarchte und quäkte er unvernehmliches Zeug, das niemand verstand, fiel auch, indem er ungebärdig mit den Beinchen strampelte, ein paarmal vom hohen Stuhl herab, so daß ich ihn wieder hinaufheben mußte. Mir bebte das Herz vor Vergnügen; die freundlichen Blicke, die der Rat dem Kleinen zuwarf, hielt ich für die bitterste Ironie. – Die Prüfung war beendigt. Wer schildert meinen Schreck, mir war es, als wenn ein jäher Blitz mich klaftertief hineinschlüge in den Boden, als der Rat den Kleinen umarmte, zu ihm sprach: Herrlicher Mensch! – welche Kenntnis – welcher Verstand – welcher Scharfsinn! – dann zu mir: Sie haben mich sehr getäuscht, Herr Referendarius Pulcher – Sie wissen ja gar nichts! Und – nehmen Sie es mir nicht übel, die Art, wie Sie sich zur Prüfung ermutigt haben mögen, läuft gegen alle Sitte, gegen allen Anstand! – Sie konnten sich ja gar nicht auf dem Stuhl erhalten, Sie fielen ja herab, und Herr Zinnober mußte Sie aufrichten. Diplomatische Personen müssen fein nüchtern sein und besonnen. – Adieu, Herr Referendarius! – Noch hielt ich alles für ein tolles Gaukelspiel. Ich wagte es, ich ging hin zum Minister. Er ließ mir heraussagen, wie ich mich unterstehen könne, ihn noch mit meinem Besuch zu behelligen, nach der Art, wie ich mich in der Prüfung bewiesen – er wisse schon alles! Der Posten, zu dem ich mich gedrängt, sei schon vergeben an Herrn Zinnober! – So hat mir irgendeine höllische Macht alle Hoffnung geraubt, und ich will ein Leben freiwillig opfern, das dem dunklen Verhängnis anheimgefallen! Verlaß mich!" –

„Nimmermehr," rief Balthasar, „erst höre mich an!"

Er erzählte nun alles, was er von Zinnober wußte seit seiner ersten Erscheinung vor dem Tor von Kerepes; wie es ihm mit dem Kleinen ergangen im Mosch Terpins Hause; was er eben jetzt von Vincenzo Sbiocca vernommen. „Es ist nur zu gewiß," sprach er dann, „daß allem Beginnen der unseligen Mißgeburt irgend etwas Geheimnisvolles zum Grunde liegt, und glaube mir, Freund Pulcher, – ist irgendein höllischer Zauber im Spiele, so kommt es nur darauf an, ihm mit festem Sinn entgegen zu treten, der Sieg ist gewiß, wenn nur der Mut vorhanden. – Darum nicht verzagt, kein zu rascher Entschluß. Laß uns vereint dem kleinen Hexenkerl zu Leibe gehen!" -

„Hexenkerl," rief der Referendarius mit Begeisterung, „ja Hexenkerl, ein ganz verfluchter Hexenkerl ist der Kleine, das ist gewiß! – Doch Bruder Balthasar, was ist uns denn, liegen wir im Traume? – Hexenwesen – Zaubereien – ist es denn damit nicht vorbei seit langer Zeit? Hat denn nicht vor vielen Jahren Fürst Paphnutius der Große die Aufklärung eingeführt und alles tolle Unwesen, alles Unbegreifliche aus dem Lande verbannt, und doch soll noch dergleichen verwünschte Contrebande sich eingeschlichen haben? – Wetter! das müßte man ja gleich der Polizei anzeigen und den Maut-Offizianten! - Aber nein, nein – nur der Wahnsinn der Leute oder, wie ich beinahe fürchte, ungeheure Bestechung ist schuld an unserm Unglück. – Der verwünschte Zinnober soll unermeßlich reich sein. Er stand neulich vor der Münze, und da zeigten die Leute mit Fingern nach ihm und riefen: Seht den kleinen hübschen Papa! – dem gehört alles blanke Gold, was da drinnen geprägt wird!"

„Still," erwiderte Balthasar, „still, Freund Referendarius, mit dem Golde zwingt es der Unhold nicht, es ist etwas anderes dahinter! – Wahr, daß Fürst Paphnutius die Aufklärung einführte zu Nutz und Frommen seines Volks, seiner Nachkommenschaft, aber manches Wunderbare, Unbegreifliche ist doch noch zurückgeblieben. Ich meine, man hat noch so fürs Haus einige hübsche Wunder zurückbehalten. Z.B. noch immer wachsen aus lumpichten Samenkörnern die höchsten, herrlichsten Bäume, ja sogar die mannigfaltigsten Früchte und Getreidearten, womit wir uns den Leib stopfen. Erlaubt man ja wohl noch gar den bunten Blumen, den Insekten auf ihren Blättern und Flügeln die glänzendsten Farben, selbst die allerverwunderlichsten Schriftzüge zu tragen, von denen kein Mensch weiß, ob es Öl ist, Guasche oder Aquarellmanier, und kein Teufel von Schreibmeister kann die schmucke Kurrentschrift lesen, geschweige denn nachschreiben! Hoho! Referendarius, ich sage dir, es geht in meinem Innern zuweilen Absonderliches vor! – Ich lege die Pfeife weg und schreite im Zimmer auf und ab, und eine seltsame Stimme flüstert, ich sei selbst ein Wunder, der Zauberer Mikrokosmus hantiere in mir und treibe mich an zu allerlei tollen Streichen! – Aber, Referendarius, dann laufe ich fort und schaue hinein in die Natur und verstehe alles, was die Blumen, die Gewässer zu mir sprechen, und mich umfängt selige Himmelslust!" -

„Du sprichst im Fieber," rief Pulcher; aber Balthasar, ohne auf ihn zu achten, streckte die Arme aus, wie von inbrünstiger Sehnsucht erfaßt, nach der Ferne. „Horche doch nur," rief Balthasar, „horche doch nur, o Referendarius, welche himmlische Musik im Rauschen des Abendwindes durch den Wald ertönt! – Hörst du wohl, wie die Quellen stärker erheben ihren Gesang? wie die Büsche, die Blumen einfallen mit lieblichen Stimmen?" -

Der Referendarius hielt das Ohr hin, um die Musik zu erhorchen, von der Balthasar sprach. „In der Tat," fing er dann an, „in der Tat, es wehen Töne durch den Wald, die die anmutigsten, herrlichsten sind, welche ich in meinem Leben gehört und die mir tief in die Seele dringen. Doch ist es nicht der Abendwind, nicht die Büsche, nicht die Blumen sind es, die so singen, vielmehr deucht es mir, als wenn jemand in der Ferne die tiefsten Glocken einer Harmonika anstriche."

Pulcher hatte recht. Wirklich glichen die vollen, immer stärker und stärker anschwellenden Akkorde, die immer näher hallten, den Tönen einer Harmonika, deren Größe und Stärke aber unerhört sein mußte. Als nun die Freunde weiter vorschritten, bot sich ihnen ein Schauspiel dar, so zauberhaft, daß sie vor Erstaunen erstarrt – fest gewurzelt – stehen blieben. In geringer Entfernung fuhr ein Mann langsam durch den Wald, beinahe chinesisch gekleidet, nur trug er ein weitbauschiges Barett mit schönen Schwungfedern auf dem Haupte. Der Wagen glich einer offenen Muschel von funkelndem Kristall, die beiden hohen Räder schienen von gleicher Masse. Sowie sie sich drehten, erklangen die herrlichen Harmonikatöne, die die Freunde schon aus der Ferne gehört. Zwei schneeweiße Einhörner mit goldenem Geschirr zogen den Wagen, auf dem statt des Fuhrmanns ein Silberfasan saß, die goldnen Leinen im Schnabel haltend. Hintenauf saß ein großer Goldkäfer, der mit den flimmernden Flügeln flatternd, dem wunderbaren Mann in der Muschel Kühlung zuzuwehen schien. Sowie er bei den Freunden vorüberkam, nickte er ihnen freundlich zu. In dem Augenblick fiel aus dem funkelnden Knopf des langen Rohrs, das der Mann in der Hand trug, ein Strahl auf Balthasar, so daß er einen brennenden Stich tief in der Brust fühlte und mit einem dumpfen Ach! zusammenfuhr. -

Der Mann blickte ihn an und lächelte und winkte noch freundlicher als zuvor. Sowie das zauberische Fuhrwerk im dichten Gebüsch verschwand, noch im sanften Nachhallen der Harmonikatöne, fiel Balthasar, ganz außer sich vor Wonne und Entzücken, dem Freunde um den Hals und rief: „Referendarius, wir sind gerettet! – jener ist's, der Zinnobers versuchten Zauber bricht!“ -

„Ich weiß nicht,“ sprach Pulcher, „ich weiß nicht, wie mir in diesem Augenblick zumute, ob ich wache, ob ich träume; aber so viel ist gewiß, daß ein unbekanntes Wonnegefühl mich durchdringt und daß Trost und Hoffnung in meine Seele wiederkehrt.“

Fünftes Kapitel

Wie Fürst Barsanuph Leipziger Lerchen und Danziger Goldwasser frühstückte, einen Butterfleck auf die Kasimirhose bekam und den Geheimen Sekretär Zinnober zum Geheimen Spezialrat erhob. – Die Bilderbücher des Doktors Prosper Alpanus. - Wie ein Portier den

Studenten Fabian in den Finger biß, dieser ein Schleppkleid trug und deshalb verhöhnt wurde. – Balthasars Flucht.

Es ist nicht länger zu verhehlen, daß der Minister der auswärtigen Angelegenheiten, bei dem Herr Zinnober als Geheimer Expedient angenommen, ein Abkömmling jenes Barons Prätextatus von Mondschein war, der den Stammbaum der Fee Rosabelverde in den Turnierbüchern und Chroniken vergebens suchte. Er hieß wie sein Ahnherr Prätextatus von Mondschein, war von der feinsten Bildung, den angenehmsten Sitten, verwechselte niemals das Mich und Mir, das Ihnen und Sie, schrieb seinen Namen mit französischen Lettern sowie überhaupt eine leserliche Hand und arbeitete sogar zuweilen selbst, vorzüglich wenn das Wetter schlecht war. Fürst Barsanuph, ein Nachfolger des großen Paphnutz, liebte ihn zärtlich, denn er hatte auf jede Frage eine Antwort, spielte in den Erholungsstunden mit dem Fürsten Kegel, verstand sich herrlich aufs Geld-Negoz und suchte in der Gavotte seinesgleichen.

Es gab sich, daß der Baron Prätextatus von Mondschein den Fürsten eingeladen hatte zum Frühstück auf Leipziger Lerchen und ein Gläschen Danziger Goldwasser. Als er nun hinkam in Mondscheins Haus, fand er im Vorsaal unter mehreren angenehmen diplomatischen Herren den kleinen Zinnober, der, auf seinem Stock gestemmt, ihn mit seinen Äugelein anfunkelte und, ohne sich weiter an ihn zu kehren, eine gebratene Lerche ins Maul steckte, die er soeben vom Tische gemaust. Sowie der Fürst den Kleinen erblickte, lächelte er ihn gnädig an und sprach zum Minister: „Mondschein! was haben Sie da für einen kleinen, hübschen, verständigen Mann in Ihrem Hause? – Es ist gewiß derselbe, der die wohl stilisierten und schön geschriebenen Berichte verfertigt, die ich seit einiger Zeit von Ihnen erhalte?“ „Allerdings, gnädigster Herr,“ erwiderte Mondschein. „Mir hat das Geschick ihn zugeführt als den geistreichsten, geschicktesten Arbeiter in meinem Bureau. Er nennt sich Zinnober, und ich empfehle den jungen herrlichen Mann ganz vorzüglich Ihrer Huld und Gnade, mein bester Fürst! – Erst seit wenigen Tagen ist er bei mir.“ „Und ebendeshalb,“ sprach ein junger hübscher Mann, der sich indessen genähert, „und ebendeshalb hat, wie Ew. Exzellenz zu bemerken erlauben werden, mein kleiner Kollege noch gar nichts expediert. Die Berichte, die das Glück hatten, von Ihnen, mein durchlauchtigster Fürst, mit Wohlgefallen bemerkt zu werden, sind von mir verfaßt." „Was wollen Sie!" fuhr der Fürst ihn zornig an. – Zinnober hatte sich dicht an den Fürsten geschoben und schmatzte, die Lerche verzehrend, vor Gier und Appetit. – Der junge Mensch war es wirklich, der jene Berichte verfaßt, aber: „Was wollen Sie," rief der Fürst, „Sie haben ja noch gar nicht die Feder angerührt? – Und daß Sie dicht bei mir gebratene Lerchen verzehren, so daß, wie ich zu meinem großen Ärger bemerken muß, meine neue Kasimirhose bereits einen Butterfleck bekommen, daß Sie dabei so unbillig schmatzen, ja! – alles das beweiset hinlänglich Ihre völlige Untauglichkeit zu jeder diplomatischen Laufbahn! – Gehen Sie fein nach Hause und lassen Sie sich nicht wieder vor mir sehen, es sei denn, Sie brächten mir eine nützliche Fleckkugel für meine Kasimirhose. – Vielleicht wird mir dann wieder gnädig zumute!" Dann zum Zinnober: „Solche Jünglinge, wie Sie, werter Zinnober, sind eine Zierde des Staats und verdienen ehrenvoll ausgezeichnet zu werden! – Sie sind Geheimer Spezialrat, mein Bester!" – „Danke schönstens," schnarrte Zinnober, indem er den letzten Bissen hinunterschluckte und sich das Maul wischte mit beiden Händchen, „danke schönstens, ich werd' das Ding schon machen, wie es mir zukommt."

„Wackres Selbstvertrauen," sprach der Fürst mit erhobener Stimme, „wackres Selbstvertrauen zeugt von der innern Kraft, die dem würdigen Staatsmann inwohnen muß!" – Und auf diesen Spruch nahm der Fürst ein Schnäpschen Goldwasser, welches der Minister selbst ihm darreichte und das ihm sehr wohl bekam. – Der neue Rat mußte Platz nehmen zwischen dem Fürsten und Minister. Er verzehrte unglaublich viel Lerchen und trank Malaga und Goldwasser durcheinander und schnarrte und brummte zwischen den Zähnen und hantierte, da er kaum mit der spitzen Nase über den Tisch reichen konnte, gewaltig mit den Händchen und Beinchen.

Als das Frühstück beendigt, riefen beide, der Fürst und der Minister: „Er ist ein englischer Mensch, dieser Geheime Spezialrat!“ – „Du siehst,“ sprach Fabian zu seinem Freunde Balthasar, „du siehst so fröhlich aus, deine Blicke leuchten in besonderen Feuer. – Du fühlst dich glücklich? – Ach, Balthasar, du träumst vielleicht einen schönen Traum, aber ich muß dich daraus erweckendes ist Freundes Pflicht!“

„Was hast du, was ist geschehen?“ fragte Balthasar bestürzt.

„Ja,“ fuhr Fabian fort, „ja! – ich muß es dir sagen! Fasse dich nur, mein Freund! – Bedenke, daß vielleicht kein Unfall in der Welt schmerzlicher trifft und doch leichter zu verwinden ist, als eben dieser! – Candida“ -

„Um Gott,“ schrie Balthasar entsetzt, „Candida! – was ist mit Candida? – ist sie hin – ist sie tot?“

„Ruhig,“ sprach Fabian weiter, „ruhig, mein Freund! – nicht tot ist Candida, aber so gut als tot für dich! - Wisse, daß der kleine Zinnober Geheimer Spezialrat geworden und so gut als versprochen ist mit der schönen Candida, die, Gott weiß wie, in ihn ganz vernarrt sein soll.“

Fabian glaubte, daß Balthasar nun losbrechen werde in ungestüme, verzweiflungsvolle Klagen und Verwünschungen. Statt dessen sprach er mit ruhigem Lächeln: „Ist es nichts weiter als das, so gibt es keinen Unfall, der mich betrüben könnte.“

„Du liebst Candida nicht mehr?“ fragte Fabian voll Erstaunen.

„Ich liebe,“ erwiderte Balthasar, „ich liebe das Himmelskind, das herrliche Mädchen mit aller Inbrunst, mit aller Schwärmerei, die nur in eines Jünglings Brust sich entzünden kann! Und ich weiß – ach ich weiß es, daß Candida mich wieder liebt, daß nur ein verruchter Zauber sie umstrickt hält, aber bald löse ich die Bande dieses Hexenwesens, bald vernichte ich den Unhold, der die Arme betört.“ -

Balthasar erzählte nun dem Freunde ausführlich von dem wunderbaren Mann, dem er in dem seltsamsten Fuhrwerk im Walde begegnet. Er schloß damit, daß, sowie aus dem Stockknopf des zauberischen Wesens ein Strahl in seine Brust gefunkelt, der feste Gedanken in ihm aufgegangen, daß Zinnober nichts sei als ein Hexenmännlein, dessen Macht jener Mann vernichten werde.

„Aber," rief Fabian, als der Freund geendet, „aber Balthasar, wie kannst du nur auf solches tolles, wunderliches Zeug verfallen? – Der Mann, den du für einen Zauberer hältst, ist niemand anders als der Doktor Prosper Alpanus, der unfern der Stadt auf seinem Landhause wohnt. Wahr ist es, daß die wunderlichsten Gerüchte von ihm verbreitet werden, so daß man ihn beinahe für einen zweiten Cagliostro halten möchte; aber daran ist er selbst schuld. Er liebt es, sich in mystisches Dunkel zu hüllen, den Schein eines mit den tiefsten Geheimnissen der Natur vertrauten Mannes anzunehmen, der unbekannten Kräften gebietet, und dabei hat er die bizarrsten Einfälle. So ist zum Beispiel sein Fuhrwerk so seltsam beschaffen, daß ein Mensch, der von lebhafter feuriger Fantasie ist, wie du, mein Freund, wohl dahin gebracht werden kann, alles für eine Erscheinung aus irgendeinem tollen Märchen zu halten. Höre also! – Sein Kabriolett hat die Form einer Muschel und ist über und über versilbert, zwischen den Rädern ist eine Drehorgel angebracht, welche, sowie der Wagen fährt, von selbst spielt. Das, was du für einen Silberfasan hieltest, war gewiß sein kleiner weißgekleideter Jockey, so wie du gewiß die Blätter des ausgespreiteten Sonnenschirms für die Flügeldecken eines Goldkäfers hieltest. Seinen beiden weißen Pferdchen läßt er große Hörner anschrauben, damit es nur recht fabelhaft aussehn soll. Übrigens ist es richtig, daß der Doktor Alpanus ein schönes spanisches Rohr trägt mit einem herrlich funkelnden Kristall, der oben darauf sitzt als Knopf und von dessen wunderlicher Wirkung man viel Fabelhaftes erzählt oder vielmehr lügt. Den Strahl dieses Kristalls soll nämlich kaum ein Auge ertragen. Verhüllt ihn der Doktor mit einem dünnen Schleier und richtet man nun den festen Blick darauf, so soll das Bild der Person, das man in dem innersten Gedanken trägt, außerhalb wie in einem Hohlspiegel erscheinen." „In der Tat," fiel Balthasar dem Freunde ins Wort, „in der Tat? Erzählt man das? – Was spricht man denn wohl noch weiter von dem Herrn Doktor Prosper Alpanus?"

„Ach," erwiderte Fabian, „verlange doch nur nicht, daß ich von den tollen Fratzen und Possen viel reden soll. Du weißt ja, daß es noch bis jetzt abenteuerliche Leute gibt, die der gesunden Vernunft entgegen an alle sogenannte Wunder alberner Ammenmärchen glauben."

„Ich will dir gestehen," fuhr Balthasar fort, „daß ich genötigt bin, mich selbst zu der Partie dieser abenteuerlichen Leute ohne gesunde Vernunft zu schlagen. Versilbertes Holz ist kein glänzendes durchsichtiges Kristall, eine Drehorgel tönt nicht wie eine Harmonika, ein Silberfasan ist kein Jockey und ein Sonnenschirm kein Goldkäfer. Entweder war der wunderbare Mann, dem ich begegnete, nicht der Doktor Prosper Alpanus, von dem du sprichst, oder der Doktor herrscht wirklich über die außerordentlichsten Geheimnisse."

„Um," sprach Fabian, „um dich ganz von deinen seltsamen Träumereien zu heilen, ist es am besten, daß ich dich geradezu hinführe zu dem Doktor Prosper Alpanus. Dann wirst du es selbst verspüren, daß der Herr Doktor ein ganz gewöhnlicher Arzt ist und keineswegs spazieren fährt mit Einhörnern, Silberfasanen und Goldkäfern."

„Du sprichst," erwiderte Balthasar, indem ihm die Augen hell auffunkelten, „du sprichst, mein Freund, den innigsten Wunsch meiner Seele aus. – Wir wollen uns nur gleich auf den Weg machen."

Bald standen sie vor dem verschlossenen Gattertor des Parks, in dessen Mitte das Landhaus des Doktor Alpanus lag. „Wie kommen wir nur hinein?" sprach Fabian. „Ich denke, wir klopfen," erwiderte Balthasar und faßte den metallenen Klöpfel, der dicht beim Schlosse angebracht war.

Sowie er den Klöpfel aufhob, begann ein unterirdisches Murmeln wie ein ferner Donner und schien zu verhallen in der tiefsten Tiefe. Das Gattertor drehte sich langsam auf, sie traten ein und wanderten fort durch einen langen, breiten Baumgang, durch den sie das Landhaus erblickten. „Spürst du," sprach Fabian, „hier etwas Außerordentliches, Zauberisches?" „Ich dächte," erwiderte Balthasar, „die Art, wie sich das Gattertor öffnete, wäre doch nicht so ganz gewöhnlich gewesen, und dann weiß ich nicht, wie mich hier alles so wunderbar, so magisch anspricht. –

Gibt es denn wohl auf weit und breit solche herrliche Bäume als eben hier in diesem Park? – Ja, mancher Baum, manches Gebüsch scheint ja mit seinen glänzenden Stämmen und smaragdenen Blättern einem fremden unbekannten Lande anzugehören.“ -

Fabian bemerkte zwei Frösche von ungewöhnlicher Größe, die schon von dem Gattertor an zu beiden Seiten der Wandelnden mitgehüpft waren. „Schöner Park,“ rief Fabian, „in dem es solch Ungeziefer gibt!“ und bückte sich nieder, um einen kleinen Stein aufzuheben, mit dem er nach den lustigen Fröschen zu werfen gedachte. Beide sprangen ins Gebüsch und guckten ihn mit glänzenden menschlichen Augen an. „Wartet, wartet!“ rief Fabian, zielte nach dem einen und warf. In dem Augenblick quäkte aber ein kleines häßliches Weib, das am Wege saß: „Grobian! schmeiß' Er nicht ehrliche Leute, die hier im Garten mit saurer Arbeit ihr bißchen Brot verdienen müssen.“ – „Komm nur, komm,“ murmelte Balthasar entsetzt, denn er merkte wohl, daß der Frosch sich gestaltet zum alten Weibe. Ein Blick ins Gebüsch überzeugte ihn, daß der andere Frosch, jetzt ein kleines Männlein geworden, sich mit Ausjäten des Unkrauts beschäftigte. -

Vor dem Landhause befand sich ein großer schöner Rasenplatz, auf dem die beiden Einhörner weideten, während die herrlichsten Akkorde in den Lüften erklangen.

„Siehst du wohl, hörst du wohl?“ sprach Balthasar.

„Ich sehe nichts weiter,“ erwiderte Fabian, „als zwei kleine Schimmel, die Gras fressen, und was so in den Lüften tönt, sind wahrscheinlich aufgehängte Äolsharfen.“

Die herrliche einfache Architektur des mäßig großen, einstöckigen Landhauses entzückte den Balthasar. Er zog an der Klingelschnur, sogleich ging die Türe auf, und ein großer straußartiger, ganz goldgelb gleißender Vogel stand als Portier vor den Freunden.

„Nun seh',“ sprach Fabian zu Balthasar, „nun seh' einmal einer die tolle Livree! – Will man auch nachher dem Kerl ein Trinkgeld geben, hat er wohl eine Hand, es in die Westentasche zu schieben?“

Und damit wandte er sich zu dem Strauß, packte ihn bei den glänzenden Flaumfedern, die unter dem Schnabel an der Kehle wie ein reiches Jabot sich aufplusterten, und sprach: „Meld' Er uns bei dem Herrn Doktor, mein scharmanter Freund!“ - Der Strauß sagte aber nichts als: “*Quirrrr*“ – und biß den Fabian in den Finger. „Tausend Sapperment,“ schrie Fabian, „der Kerl ist doch wohl am Ende ein verfluchter Vogel!“

In demselben Augenblick ging eine innere Türe auf, und der Doktor selbst trat den Freunden entgegen. – Ein kleiner dünner, blasser Mann! – Er trug ein kleines samtnes Mützchen auf dem Haupte, unter dem schönes Haar in langen Locken hervorströmte, ein langes erdgelbes indisches Gewand und kleine rote Schnürstiefelchen, ob mit buntem Pelz oder dem glänzenden Federbalg eines Vogels besetzt, war nicht zu unterscheiden. Auf seinem Antlitz lag die Ruhe, die Gutmütigkeit selbst, nur schien es seltsam, daß, wenn man ihn recht nahe, recht scharf anblickte, es war, als schaue aus dem Gesicht noch ein kleineres Gesichtchen wie aus einem gläsernen Gehäuse heraus.

„Ich erblickte,“ sprach nun leise und etwas gedehnt mit anmutigem Lächeln Prosper Alpanus, „ich erblickte Sie, meine Herrn, aus dem Fenster, ich wußte auch wohl schon früher, wenigstens was Sie betrifft, lieber Herr Balthasar, daß Sie zu mir kommen würden. – Folgen Sie mir gefälligst!“ -

Prosper Alpanus führte sie in ein hohes rundes Zimmer, rings umher mit himmelblauen Gardinen behängt. Das Licht fiel durch ein oben in der Kuppel angebrachtes Fenster herab und warf seine Strahlen auf den glänzend polierten, von einer Sphinx getragenen Marmortisch, der mitten im Zimmer stand. Sonst war durchaus nichts Außerordentliches in dem Gemach zu bemerken.

„Worin kann ich Ihnen dienen?“ fragte Prosper Alpanus.

Da faßte sich Balthasar zusammen, erzählte, was sich mit dem kleinen Zinnober begeben von seinem ersten Erscheinen in Kerepes an, und schloß mit der Versicherung, wie in ihm der feste Gedanke aufgegangen, daß er, Prosper Alpanus, der wohltätige Magus sei, der Zinnobers verworfenem, abscheulichem Zauberwerk Einhalt tun werde.

Prosper Alpanus blieb schweigend in tiefen Gedanken stehen. Endlich, nachdem wohl ein paar Minuten vergangen, begann er mit ernster Miene und tiefem Ton: „Nach allem, was Sie mir erzählt, Balthasar, unterliegt es gar keinem Zweifel, daß es mit dem kleinen Zinnober eine besondere geheimnisvolle Bewandtnis hat. – Aber man muß fürs erste den Feind kennen, den man bekämpfen, die Ursache wissen, deren Wirkung man zerstören will. – Es steht zu vermuten, daß der kleine Zinnober nichts anders ist, als ein Wurzelmännlein. Wir wollen doch gleich nachsehen."

Damit zog Prosper Alpanus an einer von den seidenen Schnüren, die rund umher an der Decke des Zimmers herabhingen. Eine Gardine rauschte auseinander, große Folianten in ganz vergoldeten Einbänden wurden sichtbar, und eine zierliche, luftig leichte Treppe von Zedernholz rollte hinab. Prosper Alpanus stieg diese Treppe heran und holte aus der obersten Reihe einen Folianten, den er auf den Marmortisch legte, nachdem er ihn mit einem großen Büschel blinkender Pfauenfedern sorgfältig abgestaubt. „Dies Werk," sprach er dann, „handelt von den Wurzelmännern, die sämtlich darin abgebildet; vielleicht finden Sie Ihren feindlichen Zinnober darunter, und dann ist er in unsere Hände geliefert."

Als Prosper Alpanus das Buch aufschlug, erblickten die Freunde eine Menge sauber illuminierter Kupfertafeln, die die allerverwunderlichsten mißgestaltetsten Männlein mit den tollsten Fratzengesichtern darstellten, die man nur sehen konnte. Aber sowie Prosper eins dieser Männlein auf dem Blatt berührte, wurd' es lebendig, sprang heraus und gaukelte und hüpfte auf dem Marmortisch gar possierlich umher und schnappte mit den Fingerchen und machte mit den krummen Beinchen die allerschönsten Pirouetten und Entrechats und sang dazu Quirr, Quapp, Pirr, Papp, bis es Prosper bei dem Kopfe ergriff und wieder ins Buch legte, wo es sich alsbald ausglättete und ausplättete zum bunten Bilde.

Auf dieselbe Weise wurden alle Bilder des Buchs durchgesehen, aber so oft schon Balthasar rufen wollte: „Dies ist er, dies ist Zinnober!“ so mußte er doch, genauer hinblickend, zu seinem Leidwesen wahrnehmen, daß das Männlein keinesweges Zinnober war.

„Das ist doch wunderlich genug,“ sprach Prosper Alpanus, als das Buch zu Ende. – „Doch,“ fuhr er fort, „mag Zinnober vielleicht gar ein Erdgeist sein. Sehen wir nach.“

Damit hüpfte er mit seltener Behendigkeit abermals die Zederntreppe herauf, holte einen andern Folianten, stäubte ihn säuberlich ab, legte ihn auf den Marmortisch und schlug ihn auf, sprechend: „Dies Werk handelt von den Erdgeistern, vielleicht haschen wir den Zinnober in diesem Buche.“ Die Freunde erblickten wiederum eine Menge sauber illuminierter Kupfertafeln, die abscheulich häßliche braungelbe Unholde darstellten. Und wie sie Prosper Alpanus berührte, erhoben sie weinerlich quäkende Klagen und krochen endlich schwerfällig heraus und wälzten sich knurrend und ächzend auf dem Marmortische herum, bis der Doktor sie wieder hineindrückte ins Buch.

Auch unter diesen hatte Balthasar den Zinnober nicht gefunden.

„Wunderlich, höchst wunderlich,“ sprach der Doktor und versank in stummes Nachdenken.

„Der Käferkönig,“ fuhr er dann fort, „der Käferkönig kann es nicht sein, denn der ist, wie ich gewiß weiß, eben jetzt anderswo beschäftigt; Spinnenmarschall auch nicht, denn Spinnenmarschall ist zwar häßlich, aber verständig und geschickt, lebt auch von seiner Hände Arbeit, ohne sich andrer Taten anzumaßen. – Wunderlich - sehr wunderlich.“ -

Er schwieg wieder einige Minuten, so daß man allerlei wunderbare Stimmen, die bald in einzelnen Lauten, bald in vollen anschwellenden Akkorden ringsumher ertönten, deutlich vernahm. „Sie haben überall und immerfort recht artige Musik, lieber Herr Doktor,“ sprach Fabian. Prosper Alpanus schien gar nicht auf Fabian zu achten, er faßte nur den Balthasar ins Auge, indem er erst beide Arme nach ihm ausstreckte und dann die

Fingerspitzen gegen ihn hin bewegte, als besprenge er ihn mit unsichtbaren Tropfen.

Endlich faßte der Doktor Balthasars beide Hände und sprach mit freundlichem Ernst: „Nur die reinste Konsonanz des psychischen Prinzips im Gesetz des Dualismus begünstigt die Operation, die ich jetzt unternehmen werde. Folgen Sie mir!" -

Die Freunde folgten dem Doktor durch mehrere Zimmer, die außer einigen seltsamen Tieren, die sich mit Lesen – Schreiben – Malen – Tanzen beschäftigten, eben nichts Merkwürdiges enthielten, bis sich zwei Flügeltüren öffneten, und die Freunde vor einen dichten Vorhang traten, hinter den Prosper Alpanus verschwand und sie in dicker Finsternis ließ. Der Vorhang rauschte auseinander, und die Freunde befanden sich in einem, wie es schien, eirunden Saal, in dem ein magisches Helldunkel verbreitet. Es war, betrachtete man die Wände, als verlöre sich der Blick in unabsehbare grüne Haine und Blumenauen mit plätschernden Quellen und Bächen. Der geheimnisvolle Duft eines unbekannten Aroma wallte auf und nieder und schien die süßen Töne der Harmonika hin und her zu tragen. Prosper Alpanus erschien ganz weißgekleidet wie ein Brahmin und stellte in die Mitte des Saals einen großen runden Kristallspiegel, über den er einen Flor warf.

„Treten Sie," sprach er dumpf und feierlich, „treten Sie vor diesen Spiegel, Balthasar, richten Sie Ihre festen Gedanken auf Candida – *wollen* Sie mit ganzer Seele, daß sie sich Ihnen zeige in dem Moment, der jetzt existiert in Raum und Zeit" -

Balthasar tat, wie ihm geheißen, indem Prosper Alpanus sich hinter ihn stellte und mit beiden Händen Kreise um ihn beschrieb.

Wenige Sekunden hatte es gedauert, als ein bläulicher Duft aus dem Spiegel wallte. Candida, die holde Candida erschien in ihrer lieblichen Gestalt mit aller Fülle des Lebens! Aber neben ihr, dicht neben ihr saß der abscheuliche Zinnober und drückte ihr die Hände, küßte sie – Und Candida hielt den Unhold mit einem Arm umschlungen und liebkoste ihn! – Balthasar wollte laut aufschreien, aber Prosper Alpanus faßte ihn bei beiden Schultern hart an, und der Schrei erstickte in der Brust. „Ruhig,“ sprach Prosper leise, „ruhig Balthasar! – Nehmen Sie dies Rohr und führen Sie Streiche gegen den Kleinen, doch ohne sich von der Stelle zu rühren.“ Balthasar tat es und gewahrte zu seiner Lust, wie der Kleine sich krümmte, umstülpte, sich auf der Erde wälzte! - In der Wut sprang er vorwärts, da zerrann das Bild in Dunst und Nebel, und Prosper Alpanus riß den tollen Balthasar mit Gewalt zurück, laut rufend: „Halten Sie ein! – zerschlagen Sie den magischen Spiegel, so sind wir alle verloren! – Wir wollen in das Helle zurück.“ – Die Freunde verließen auf des Doktors Geheiß den Saal und traten in ein anstoßendes helles Zimmer.

„Dem Himmel,“ rief Fabian, tief Atem schöpfend, „dem Himmel sei gedankt, daß wir aus dem verwünschten Saal heraus sind. Die schwüle Luft hat mir beinahe das Herz abgedrückt, und dann die albernen Taschenspielereien dazu, die mir in tiefer Seele zuwider sind.“ -

Balthasar wollte antworten, als Prosper Alpanus eintrat. „Es ist,“ sprach er, „es ist nunmehr gewiß, daß der mißgestaltete Zinnober weder ein Wurzelmann noch ein Erdgeist ist, sondern ein gewöhnlicher Mensch. Aber es ist eine geheime zauberische Macht im Spiele, die zu erkennen mir bis jetzt noch nicht gelungen, und ebendeshalb kann ich auch noch nicht helfen. – Besuchen Sie mich bald wieder, Balthasar, wir wollen dann sehen, was weiter zu beginnen. Auf Wiedersehn!“ -

„Also,“ sprach Fabian, dicht an den Doktor hinantretend, „also ein Zauberer sind Sie, Herr Doktor, und können mit all Ihrer Zauberkunst nicht einmal dem kleinen erbärmlichen Zinnober zu Leibe? – Wissen Sie wohl, daß ich Sie mitsamt Ihren bunten Bildern, Püppchen, magischen Spiegeln, mit all Ihrem fratzenhaften Kram für einen rechten ausgemachten Charlatan halte? – Der Balthasar, der ist verliebt und macht Verse, dem können Sie allerlei Zeug einreden, aber bei mir kommen Sie schlecht an! – Ich bin ein aufgeklärter Mensch und statuiere durchaus keine Wunder!“

„Halten Sie,“ erwiderte Prosper Alpanus, indem er stärker und herzlicher lachte, als man es ihm nach seinem ganzen Wesen wohl zutrauen konnte, „halten Sie das, wie Sie wollen. Aber – bin ich gleich nicht eben ein Zauberer, so gebiete ich doch über hübsche Kunststückchen.“ „Aus Wieglebs Magie wohl oder sonst!“ – rief Fabian. „Nun da finden Sie an unserm Professor Mosch Terpin Ihren Meister und dürfen sich mit ihm nicht vergleichen, denn der ehrliche Mann zeigt uns immer, daß alles natürlich zugeht und umgibt sich gar nicht mit solcher geheimnisvoller Wirtschaft, als Sie, mein Herr Doktor. – Nun, ich empfehle mich Ihnen gehorsamst!“

„Ei,“ sprach der Doktor, „sie werden doch nicht so im Zorn von mir scheiden?“

Und damit strich er dem Fabian an beiden Armen einige Mal leise herab von der Schulter bis zum Handgelenk, daß diesem ganz besonders zumute wurde und er beklommen rief: „Was machen Sie denn, Herr Doktor!“ – „Gehen Sie, meine Herrn,“ sprach der Doktor, „Sie, Herr Balthasar, hoffe ich recht bald wiederzusehen. – Bald wird die Hülfe gefunden sein!“

„Er bekommt doch kein Trinkgeld, mein Freund,“ rief Fabian im Herausgehen dem goldgelben Portier zu und faßte ihm nach dem Jabot. Der Portier sagte aber wieder nichts als *“Quirrr“* und biß abermals den Fabian in den Finger.

„Bestie!“ rief Fabian und rannte von dannen.

Die beiden Frösche ermangelten nicht, die beiden Freunde höflich zu geleiten bis ans Gattertor, das sich mit einem dumpfen Donner öffnete und schloß. – „Ich weiß,“ sprach Balthasar, als er auf der Landstraße hinter dem Fabian herwandelte, „ich weiß gar nicht, Bruder, was du heute für einen seltsamen Rock angezogen hast mit solch entsetzlich langen Schößen und solch kurzen Ärmeln.“

Fabian gewahrte zu seinem Erstaunen, daß sein kurzes Röckchen hinterwärts bis zur Erde herabgewachsen, daß dagegen die sonst über die Gnüge langen Ärmel hinaufgeschrumpft waren bis an den Ellbogen.

„Tausend Donner, was ist das!" rief er und zog und zupfte an den Ärmeln und rückte die Schultern. Das schien auch zu helfen, aber wie sie nun durchs Stadttor gingen, so schrumpften die Ärmel herauf, so wuchsen die Rockschöße, daß alles Ziehens und Zupfens und Rückens ungeachtet die Ärmel bald hoch oben an der Schulter saßen, Fabians nackte Arme preisgebend, daß bald sich ihm eine Schleppe nachwälzte, länger und länger sich dehnend. Alle Leute standen still und lachten aus vollem Halse, die Straßenbuben rannten dutzendweise jubelnd und jauchzend über den langen Talar und rissen Fabian um, und wie er sich wieder aufraffte, fehlte kein Stückchen von der Schleppe, nein! – sie war noch länger geworden. Und immer toller und toller wurde Gelächter, Jubel und Geschrei, bis sich endlich Fabian, halb wahnsinnig, in ein offnes Haus stürzte. – Sogleich war auch die Schleppe verschwunden.

Balthasar hatte gar nicht Zeit, sich über Fabians seltsame Verzauberung viel zu verwundern; denn der Referendarius Pulcher faßte ihn, riß ihn fort in eine abgelegene Straße und sprach: „Wie ist es möglich, daß du nicht schon fort bist, daß du dich hier noch sehen lassen kannst, da der Pedell mit dem Verhaftsbefehl dich schon verfolgt." – „Was ist das, wovon sprichst du?" fragte Balthasar voll Erstaunen. „So weit," fuhr der Referendarius fort, „so weit riß dich der Wahnsinn der Eifersucht hin, daß du das Hausrecht verletztest, feindlich einbrechend in Mosch Terpins Haus, daß du den Zinnober überfielst bei seiner Braut, daß du den mißgestalteten Däumling halb tot prügeltest!" – „Ich bitte dich," schrie Balthasar, „den ganzen Tag war ich ja nicht in Kerepes, schändliche Lügen." – „O still, still," fiel ihm Pulcher ins Wort, „Fabians toller unsinniger Einfall, ein Schleppkleid anzuziehen, rettet dich. Niemand achtet jetzt deiner! – Entziehe dich nur der schimpflichen Verhaftung, das übrige wollen wir denn schon ausfechten. Du darfst nicht mehr in deine Wohnung! – Gib mir die Schlüssel, ich schicke dir alles nach. – Fort nach Hoch-Jakobsheim!"

Und damit riß der Referendarius den Balthasar fort durch entlegene Gassen, durchs Tor hin nach dem Dorfe Hoch-Jakobsheim, wo der berühmte Gelehrte Ptolomäus Philadelphus sein merkwürdiges Buch über die unbekannte Völkerschaft der Studenten schrieb.

Sechstes Kapitel

Wie der Geheime Spezialrat Zinnober in seinem Garten frisiert wurde und im Grase ein Taubad nahm. – Der Orden des grüngefleckten Tigers. – Glücklicher Einfall eines Theaterschneiders. - Wie das Fräulein von Rosenschön sich mit Kaffee begoß und Prosper Alpanus ihr seine Freundschaft versicherte.

Der Professor Mosch Terpin schwamm in lauter Wonne. „Konnte," sprach er zu sich selbst, „konnte mir denn etwas Glücklicheres begegnen, als daß der vortreffliche Geheime Spezialrat in mein Haus kam als Studiosus? – Er heiratet meine Tochter – er wird mein Schwiegersohn, durch ihn erlange ich die Gunst des vortrefflichen Fürsten Barsanuph und steige nach auf der Leiter, die mein herrliches Zinnoberchen hinaufklimmt. – Wahr ist es, daß es mir oft selbst unbegreiflich vorkommt, wie das Mädchen, die Candida, so ganz und gar vernarrt sein kann in den Kleinen. Sonst sieht das Frauenzimmer wohl mehr auf ein hübsches Äußere, als auf besondere Geistesgaben, und schaue ich denn nun zuweilen das Spezialmännlein an, so ist es mir, als ob er nicht ganz hübsch zu nennen – sogar – bossu – still – St – St – die Wände haben Ohren – Er ist des Fürsten Liebling, wird immer höher steigen – höher hinauf und ist mein Schwiegersohn!" -

Mosch Terpin hatte recht, Candida äußerte die entschiedenste Neigung für den Kleinen und sprach, gab hie und da einer, den Zinnobers seltsamer Spuk nicht berückt hatte, zu verstehen, daß der Geheime Spezialrat doch eigentlich ein fatales mißgestaltetes Ding sei, sogleich von den wunderschönen Haaren, womit ihn die Natur begabt.

Niemand lächelte aber, wenn Candida also sprach, hämischer als der Referendarius Pulcher.

Dieser stellte dem Zinnober nach auf Schritten und Tritten, und hierin stand ihm getreulich der Geheime Sekretär Adrian bei, ebenderselbe junge Mensch, den Zinnobers Zauber beinahe aus dem Bureau des Ministers verdrängt hätte, und der des Fürsten Gunst nur durch die vortreffliche Fleckkugel wieder gewann, die er ihm überreichte.

Der Geheime Spezialrat Zinnober bewohnte ein schönes Haus mit einem noch schöneren Garten, in dessen Mitte sich ein mit dichtem Gebüsch umgebener Platz befand, auf dem die herrlichsten Rosen blühten. Man hatte bemerkt, daß allemal den neunten Tag Zinnober bei Tagesanbruch leise aufstand, sich, so sauer es ihm werden mochte, ohne alle Hülfe des Bedienten ankleidete, in den Garten hinabstieg und in den Gebüschen verschwand, die jenen Platz umgaben.

Pulcher und Adrian, irgendein Geheimnis ahnend, wagten es in einer Nacht, als Zinnober, wie sie von seinem Kammerdiener erfahren, vor neun Tagen jenen Platz besucht hatte, die Gartenmauer zu übersteigen und sich in den Gebüschen zu verbergen.

Kaum war der Morgen angebrochen, als sie den Kleinen daherwandeln sahen, schnupfend und prustend, weil ihm, da er mitten durch ein Blumenbeet ging, die tauichten Halme und Stauden um die Nase schlugen.

Als er auf dem Rasenplatz bei den Rosen angekommen, ging ein süßtönendes Wehen durch die Büsche, und durchdringender wurde der Rosenduft. Eine schöne verschleierte Frau mit Flügeln an den Schultern schwebte herab, setzte sich auf den zierlichen Stuhl, der mitten unter den Rosenbüschen stand, nahm mit den leisen Worten: „Komm, mein liebes Kind," den kleinen Zinnober und kämmte ihm mit einem goldenen Kamm sein langes Haar, das den Rücken hinabwallte. Das schien dem Kleinen sehr wohl zu tun, denn er blinzelte mit den Äugelein und streckte die Beinchen lang aus und knurrte und murrte beinahe wie ein Kater. Das hatte wohl fünf Minuten gedauert, da strich noch einmal die zauberische

Frau mit einem Finger dem Kleinen die Scheitel entlang, und Pulcher und Adrian gewahrten einen schmalen, feuerfarb glänzenden Streif auf dem Haupte Zinnobers. Nun sprach die Frau: „Lebe wohl, mein süßes Kind! – Sei klug, sei klug, so wie du kannst!" Der Kleine sprach: „Adieu, Mütterchen, klug bin ich genug, du brauchst mir das gar nicht so oft zu wiederholen." -

Die Frau erhob sich langsam und verschwand in den Lüften.

Pulcher und Adrian waren starr vor Erstaunen. Als nun aber Zinnober davonschreiten wollte, sprang der Referendarius hervor und rief laut: „Guten Morgen, Herr Geheimer Spezialrat! ei, wie schön haben Sie sich frisieren lassen!" Zinnober schaute sich um und wollte, als er den Referendarius erblickte, schnell davonrennen. Ungeschickt und schwächlich auf den Beinchen, wie er nun aber war, stolperte er und fiel in das hohe Gras, das die Halme über ihn zusammenschlug, und er lag im Taubade. Pulcher sprang hinzu und half ihm auf die Beine, aber Zinnober schnarrte ihn an: „Herr, wie kommen Sie hier in meinen Garten! scheren Sie sich zum Teufel!" Und damit hüpfte und rannte er, so rasch er nur vermochte, hinein ins Haus.

Pulcher schrieb dem Balthasar diese wunderbare Begebenheit und versprach seine Aufmerksamkeit auf das kleine zauberische Ungetüm zu verdoppeln. Zinnober schien über das, was ihm widerfahren, trostlos. Er ließ sich zu Bette bringen und stöhnte und ächzte so, daß die Kunde, wie er plötzlich erkrankt, bald zum Minister Mondschein, zum Fürsten Barsanuph gelangte.

Fürst Barsanuph schickte sogleich seinen Leibarzt zu dem kleinen Liebling.

„Mein vortrefflichster Geheimer Spezialrat," sprach der Leibarzt, als er den Puls befühlt, „Sie opfern sich auf für den Staat. Angestrengte Arbeit hat Sie aufs Krankenbett geworfen, anhaltendes Denken Ihnen das unsägliche Leiden verursacht, das Sie empfinden müssen. Sie sehen im Antlitz sehr blaß und eingefallen aus, aber Ihr wertes Haupt glüht schrecklich! – Ei, ei! – doch keine Gehirnentzündung? Sollte das Wohl des

Staats dergleichen hervorgebracht haben? Kaum möglich! – Erlauben Sie doch!“ Der Leibarzt mochte wohl denselben roten Streif auf Zinnobers Haupte gewahren, den Pulcher und Adrian entdeckt hatten. Er wollte, nachdem er einige magnetische Striche aus der Ferne versucht, den Kranken auch verschiedentlich angehaucht, worüber dieser merklich mauzte und quinkelierte, nun mit der Hand hinfahren über das Haupt und berührte dasselbe unversehens. Da sprang Zinnober, schäumend vor Wut, in die Höhe und gab mit seinem kleinen Knochenhändchen dem Leibarzt, der sich gerade ganz über ihn hingebeugt, eine solche derbe Ohrfeige, daß es im ganzen Zimmer widerhallte.

„Was wollen Sie,“ schrie Zinnober, „was wollen Sie von mir, was krabbeln Sie mir herum auf meinem Kopfe! Ich bin gar nicht krank, ich bin gesund, ganz gesund, werde gleich aufstehen und zum Minister fahren in die Konferenz; scheren Sie sich fort!“ -

Der Leibarzt eilte ganz erschrocken von dannen. Als er aber dem Fürsten Barsanuph erzählte, wie es ihm ergangen, rief dieser entzückt aus: „Was für ein Eifer für den Dienst des Staats! – welche Würde, welche Hoheit im Betragen! – welch ein Mensch, dieser Zinnober!“ -

„Mein bester Geheimer Spezialrat,“ sprach der Minister Prätextatus von Mondschein zu dem kleinen Zinnober, „wie herrlich ist es, daß Sie, Ihrer Krankheit nicht achtend, in die Konferenz kommen. Ich habe in der wichtigen Angelegenheit mit dem Kakatukker Hofe ein Memoire entworfen – *selbst* entworfen und bitte, daß *Sie* es dem Fürsten vortragen, denn Ihr geistreicher Vortrag hebt das Ganze, für dessen Verfasser mich dann der Fürst anerkennen soll.“ – Das Memoire, womit Prätextatus glänzen wollte, hatte aber niemand anders verfaßt, als Adrian.

Der Minister begab sich mit dem Kleinen zum Fürsten. Zinnober zog das Memoire, das ihm der Minister gegeben, aus der Tasche und fing an zu lesen. Da es damit aber nun gar nicht recht gehen wollte und er nur lauter unverständliches Zeug murrte und schnurrte, nahm ihm der Minister das Papier aus den Händen und las selbst.

Der Fürst schien ganz entzückt, er gab seinen Beifall zu erkennen, ein Mal über das andere rufend: „Schön – gut gesagt – herrlich – treffend!“ -

Sowie der Minister geendet, schritt der Fürst geradezu los auf den kleinen Zinnober, hob ihn in die Höhe, drückte ihn an seine Brust, gerade dahin, wo ihm (dem Fürsten) der große Stern des grüngefleckten Tigers saß, und stammelte und schluchzte, während ihm häufige Tränen aus den Augen flossen: „Nein! – solch ein Mann – solch ein Talent! – solcher Eifer – solche Liebe – es ist zu viel – zu viel!“ Dann gefaßter: „Zinnober! – ich erhebe Sie hiermit zu meinem Minister! – Bleiben Sie dem Vaterlande hold und treu, bleiben Sie ein wackrer Diener der Barsanuphe, von denen Sie geehrt – geliebt werden.“ Und nun sich mit verdrüßlichem Blick zum Minister wendend: „Ich bemerke, lieber Baron von Mondschein, daß seit einiger Zeit Ihre Kräfte nachlassen. Ruhe auf Ihren Gütern wird Ihnen heilbringend sein! – Leben Sie wohl!“ -

Der Minister von Mondschein entfernte sich, unverständliche Worte zwischen den Zähnen murmelnd und funkelnde Blicke werfend auf Zinnober, der sich nach seiner Art sein Stöckchen in den Rücken gestemmt, auf den Fußspitzen hoch in die Höhe hob und stolz und keck umherblickte.

„Ich muß,“ sprach nun der Fürst, „ich muß Sie, mein lieber Zinnober, gleich Ihrem hohen Verdienst gemäß auszeichnen; empfangen Sie daher aus meinen Händen den Orden des grüngefleckten Tigers!“

Der Fürst wollte ihm nun das Ordensband, das er sich in der Schnelligkeit von dem Kammerdiener reichen lassen, umhängen; aber Zinnobers mißgestalteter Körperbau bewirkte, daß das Band durchaus nicht normalmäßig sitzen wollte, indem es sich bald ungebührlich heraufschob, bald ebenso hinabschlotterte.

Der Fürst war in dieser so wie in jeder andern solchen Sache, die das eigentlichste Wohl des Staats betraf, sehr genau. Zwischen dem Hüftknochen und dem Steißbein, in schräger Richtung drei Sechzehnteil Zoll aufwärts vom letztern, mußte das am Bande befindliche Ordenszeichen des grüngefleckten Tigers sitzen. Das war nicht herauszubringen. Der Kammerdiener, drei Pagen, der Fürst legten Hand an, alles Mühen blieb vergebens. Das verräterische Band rutschte hin und her, und Zinnober begann unmutig zu quäken: „Was hantieren Sie doch so schrecklich an meinem Leibe herum, lassen Sie doch das dumme Ding hängen, wie es will, Minister bin ich doch nun einmal und bleib' es!" -

„Wofür," sprach nun der Fürst zornig, „wofür habe ich denn Ordensräte, wenn rücksichts der Bänder solche tolle Einrichtungen existieren, die ganz meinem Willen entgegenlaufen? – Geduld, mein lieber Minister Zinnober! bald soll das anders werden!"

Auf Befehl des Fürsten mußte sich nun der Ordensrat versammeln, dem noch zwei Philosophen sowie ein Naturforscher, der eben, vom Nordpol kommend, durchreiste, beigesellt wurden, die über die Frage, wie auf die geschickteste Weise dem Minister Zinnober das Band des grüngefleckten Tigers anzubringen, beratschlagen sollten. Um für diese wichtige Beratung gehörige Kräfte zu sammeln, wurde sämtlichen Mitgliedern aufgegeben, acht Tage vorher nicht zu denken; um dies besser ausführen zu können und doch tätig zu bleiben im Dienste des Staats, aber sich indessen mit dem Rechnungswesen zu beschäftigen. Die Straßen vor dem Palast, wo die Ordensräte, Philosophen und Naturforscher ihre Sitzung halten sollten, wurden mit dickem Stroh belegt, damit das Gerassel der Wagen die weisen Männer nicht störe, und ebendaher durfte auch nicht getrommelt, Musik gemacht, ja nicht einmal laut gesprochen werden in der Nähe des Palastes. Im Palast selbst tappte alles auf dicken Filzschuhen umher, und man verständigte sich durch Zeichen.

Sieben Tage hindurch vom frühsten Morgen bis in den späten Abend hatten die Sitzungen gedauert, und noch war an keinen Beschluß zu denken.

Der Fürst, ganz ungeduldig, schickte ein Mal über das andere hin und ließ ihnen sagen, es solle in des Teufels Namen ihnen doch endlich etwas Gescheutes einfallen. Das half aber ganz und gar nichts.

Der Naturforscher hatte soviel möglich Zinnobers Natur erforscht, Höhe und Breite seines Rückenauswuchses genommen und die genaueste

Berechnung darüber dem Ordensrat eingereicht. Er war es auch, der endlich vorschlug, ob man nicht den Theaterschneider bei der Beratung zuziehen wolle.

So seltsam dieser Vorschlag erscheinen mochte, wurde er doch in der Angst und Not, in der sich alle befanden, einstimmig angenommen.

Der Theaterschneider Herr Kees war ein überaus gewandter, pfiffiger Mann. Sowie ihm der schwierige Fall vorgetragen worden, sowie er die Berechnungen des Naturforschers durchgesehen, war er mit dem herrlichsten Mittel, wie das Ordensband zum normalmäßigen Sitzen gebracht werden könne, bei der Hand.

An Brust und Rücken sollten nämlich eine gewisse Anzahl Knöpfe angebracht und das Ordensband daran geknöpft werden. Der Versuch gelang über die Maßen wohl.

Der Fürst war entzückt und billigte den Vorschlag des Ordensrates, den Orden des grüngefleckten Tigers nunmehro in verschiedene Klassen zu teilen, nach der Anzahl der Knöpfe, womit er gegeben wurde. Z.B. Orden des grüngefleckten Tigers mit zwei Knöpfen – mit drei Knöpfen etc. Der Minister Zinnober erhielt als ganz besondere Auszeichnung, die sonst kein anderer verlangen könne, den Orden mit zwanzig brillantierten Knöpfen, denn gerade zwanzig Knöpfe erforderte die wunderliche Form seines Körpers.

Der Schneider Kees erhielt den Orden des grüngefleckten Tigers mit zwei goldnen Knöpfen und wurde, da der Fürst ihn, seines glückliches Einfalls ungeachtet, für einen schlechten Schneider hielt und sich daher nicht von ihm kleiden lassen wollte, zum Wirklichen Geheimen Groß-Kostümierer des Fürsten ernannt. -

Aus dem Fenster seines Landhauses sah der Doktor Prosper Alpanus gedankenvoll herab in seinen Park. Er hatte die ganze Nacht hindurch sich damit beschäftigt, Balthasars Horoskop zu stellen und manches dabei herausgebracht, was sich auf den kleinen Zinnober bezog. Am wichtigsten das, was sich mit dem Kleinen im Garten begeben, als er von Adrian und Pulcher belauscht wurde. Eben wollte Prosper Alpanus seinen Einhörnern zurufen, daß sie die Muschel herbeiführen möchten, weil er fort wolle nach Hoch-Jakobsheim, als ein Wagen daherrasselte und vor dem Gattertor des Parks still hielt. Es hieß, das Stiftsfräulein von Rosenschön wünsche den Herrn Doktor zu sprechen. „Sehr willkommen," sprach Prosper Alpanus, und die Dame trat hinein. Sie trug ein langes schwarzes Kleid und war in Schleier gehüllt wie eine Matrone. Prosper Alpanus, von einer seltsamen Ahnung ergriffen, nahm sein Rohr und ließ die funkelnden Strahlen des Knopfs auf die Dame fallen. Da war es, als zuckten rauschend Blitze um sie her, und sie stand da im weißen durchsichtigen Gewande, glänzende Libellenflügel an den Schultern, weiße und rote Rosen durch das Haar geflochten. – „Ei, ei," lispelte Prosper, nahm das Rohr unter seinen Schlafrock, und sogleich stand die Dame wieder im vorigen Kostüm da.

Prosper Alpanus lud sie freundlich ein, sich niederzulassen. Fräulein von Rosenschön sagte nun, wie es längst ihre Absicht gewesen, den Herrn Doktor in seinem Landhause aufzusuchen, um die Bekanntschaft eines Mannes zu machen, den die ganze Gegend als einen hochbegabten, wohltätigen Weisen rühme. Gewiß werde er ihre Bitte gewährend, sich des nahe gelegenen Fräuleinstifts ärztlich anzunehmen, da die alten Damen darin oft kränkelten und ohne Hülfe blieben. Prosper Alpanus erwiderte höflich, daß er zwar schon längst die Praxis aufgegeben, aber doch ausnahmsweise die Stiftsdamen besuchen wolle, wenn es not täte, und fragte dann, ob sie selbst, das Fräulein von Rosenschön, vielleicht an irgendeinem Übel leide. Das Fräulein versicherte, daß sie nur dann und wann ein rheumatisches Zucken in den Gliedern fühle, wenn sie sich an der Morgenluft erkältet, jetzt aber ganz gesund sei, und begann irgendein gleichgültiges Gespräch. Prosper fragte, ob sie, da es noch früher Morgen, vielleicht eine Tasse Kaffee nehmen wolle; die Rosenschön meinte, daß Stiftsfräuleins dergleichen niemals verschmähten. Der Kaffee wurde gebracht, aber so sehr sich auch Prosper mühen mochte, einzuschenken, die Tassen blieben leer, ungeachtet der Kaffee aus der Kanne strömte. „Ei, ei" lächelte Prosper Alpanus, „das ist böser Kaffee! – Wollten Sie, mein bestes Fräulein, doch nur lieber selbst den Kaffee eingießen."

„Mit Vergnügen,“ erwiderte das Fräulein und ergriff die Kanne. Aber ungeachtet kein Tropfen aus der Kanne quoll, wurde doch die Tasse voller und voller, und der Kaffee strömte über auf den Tisch, auf das Kleid des Stiftsfräuleins. – Sie setzte schnell die Kanne hin, sogleich war der Kaffee spurlos verschwunden. Beide, Prosper Alpanus und das Stiftsfräulein, schauten sich nun eine Weile schweigend an mit seltsamen Blicken.

„Sie waren,“ begann nun die Dame, „Sie waren, mein Herr Doktor, gewiß mit einem sehr anziehenden Buche beschäftigt, als ich eintrat.“

„In der Tat,“ erwiderte der Doktor, „enthält dieses Buch gar merkwürdige Dinge.“

Damit wollte er das kleine Buch in vergoldetem Einbande, das vor ihm auf dem Tisch lag, aufschlagen. Doch das blieb ein ganz vergebliches Mühen, denn mit einem lauten Klipp, Klapp schlug das Buch sich immer wieder zusammen. „Ei, ei,“ sprach Prosper Alpanus, „versuchen *Sie* sich doch mit dem eigensinnigen Dinge hier, mein wertes Fräulein!“

Er reichte der Dame das Buch hin, das, sowie sie es nur berührte, sich von selbst aufschlug. Aber alle Blätter lösten sich los und dehnten sich aus zum Riesenfolio und rauschten umher im Zimmer.

Erschrocken fuhr das Fräulein zurück. Nun schlug der Doktor das Buch zu mit Gewalt, und alle Blätter verschwanden.

„Aber,“ sprach nun Prosper Alpanus mit sanftem Lächeln, indem er sich von seinem Sitze erhob, „aber mein bestes gnädiges Fräulein, was verderben wir die Zeit mit solchen schnöden Tafelkünsten; denn anders als ordinäre Tafelkunststücke sind es doch nicht, die wir bis jetzt getrieben, schreiten wir doch lieber zu höheren Dingen.“ „Ich will fort!“ rief das Fräulein und erhob sich vorn Sitze.

„Ei,“ sprach Prosper Alpanus, „das möchte doch wohl nicht recht gut angehen ohne meinen Willen; denn, meine Gnädige, ich muß es Ihnen nur sagen, Sie sind jetzt ganz und gar in meiner Gewalt.“

„In Ihrer Gewalt,“ rief das Fräulein zornig, „in Ihrer Gewalt, Herr Doktor? – Törichte Einbildung!“

Und damit breitete sich ihr seidnes Kleid aus, und sie schwebte als der schönste Trauermantel auf zur Decke des Zimmers. Doch sogleich sauste und brauste auch Prosper Alpanus ihr nach als tüchtiger Hirschkäfer. Ganz ermattet flatterte der Trauermantel herab und rannte als kleines Mäuschen auf dem Boden umher. Aber der Hirschkäfer sprang miauend und prustend ihm nach als grauer Kater. Das Mäuschen erhob sich wieder als glänzender Kolibri, da erhoben sich allerlei seltsame Stimmen rings um das Landhaus, und allerlei wunderbare Insekten sumseten herbei, mit ihnen seltsames Waldgeflügel, und ein goldnes Netz spann sich um die Fenster. Da stand mit einemmal die Fee Rosabelverde, in aller Pracht und Hoheit strahlend, im glänzenden weißen Gewande, den funkelnden Diamantgürtel umgetan, weiße und rote Rosen durch die dunklen Locken geflochten, mitten im Zimmer. Vor ihr der Magus im goldgestickten Talar, eine glänzende Krone auf dem Haupt, das Rohr mit dem feuerstrahlenden Knopf in der Hand.

Rosabelverde schritt zu auf den Magus, da entfiel ihrem Haar ein goldner Kamm und zerbrach, als sei er von Glas, auf dem Marmorboden.

„Weh mir! – weh mir!“ rief die Fee.

Plötzlich saß wieder das Stiftsfräulein von Rosenschön im schwarzen langen Kleide am Kaffeetisch, und ihr gegenüber der Doktor Prosper Alpanus.

„Ich dächte,“ sprach Prosper Alpanus sehr ruhig, indem er in die chinesischen Tassen den herrlichsten dampfenden Kaffee von Mokka ohne Hindernis einschenkte, „ich dächte, mein bestes gnädiges Fräulein, wir wüßten beide nun hinlänglich, wie wir miteinander daran sind. - Sehr leid tut es mir, daß Ihr schöner Haarkamm zerbrach auf meinem harten Fußboden.“

„Nur meine Ungeschicklichkeit,“ erwiderte das Fräulein, mit Behagen den Kaffee einschlürfend, „ist schuld daran. Auf diesen Boden muß man sich hüten, etwas fallen zu lassen, denn irr' ich nicht, so sind diese Steine mit den wunderbarsten Hieroglyphen beschrieben, welche manchem nur gewöhnliche Marmoradern bedünken möchten.“

„Abgenutzte Talismane, meine Gnädige," sprach Prosper, „abgenutzte Talismane sind diese Steine, nichts weiter."

„Aber bester Doktor," rief das Fräulein, „wie ist es möglich, daß wir uns nicht kennen lernten seit der frühesten Zeit, daß wir nicht ein einziges Mal zusammentrafen auf unseren Wegen?"

„Diverse Erziehung, beste Dame," erwiderte Prosper Alpanus, „diverse Erziehung ist lediglich daran schuld! Während Sie als das hoffnungsvollste Mädchen in Dschinnistan sich ganz Ihrer reichen Natur, Ihrem glücklichen Genie überlassen konnten, war ich, ein trübseliger Student, in den Pyramiden eingeschlossen und hörte Kollegia bei dem Professor Zoroaster, einem alten Knasterbart, der aber verdammt viel wußte. Unter der Regierung des würdigen Fürsten Demetrius nahm ich meinen Wohnsitz in diesem kleinen anmutigen Ländchen."

„Wie," sprach das Fräulein, „und wurden nicht verwiesen, als Fürst Paphnutius die Aufklärung einführte?" „Keineswegs," antwortete Prosper, „es gelang mir vielmehr, mein eignes Ich ganz zu verhüllen, indem ich mich mühte, Aufklärungssachen betreffend, ganz besondere Kenntnisse zu beweisen in allerlei Schriften, die ich verbreitete. Ich bewies, daß ohne des Fürsten Willen es niemals donnern und blitzen müsse, und daß wir schönes Wetter und eine gute Ernte einzig und allein seinen und seiner Noblesse Bemühungen zu verdanken, die in den innern Gemächern darüber sehr weise beratschlage, während das gemeine Volk draußen auf dem Acker gepflügt und gesäet. Fürst Paphnutius erhob mich damals zum Geheimen Oberaufklärungs-Präsidenten, eine Stelle, die ich mit meiner Hülle wie eine lästige Bürde abwarf, als der Sturm vorüber. – Insgeheim war ich nützlich, wie ich konnte. Das heißt, was wir, ich und Sie, meine Gnädige, wahrhaft nützlich nennen. - Wissen Sie wohl, bestes Fräulein, daß *ich* es war, der Sie warnte vor dem Einbrechen der Aufklärungspolizei? – daß *ich* es bin, dem Sie noch das Besitztum der artigen Sächelchen verdanken, die Sie mir vorhin gezeigt? – O mein Gott! liebe Stiftsdame, schauen Sie doch nur aus diesen Fenstern! – Erkennen Sie denn nicht mehr diesen Park, in dem Sie so oft lustwandelten und mit den freundlichen Geistern sprachen, die in den Büschen – Blumen –

Quellen wohnen? – Diesen Park hab' ich gerettet durch meine Wissenschaft. Er steht noch da wie zur Zeit des alten Demetrius. Fürst Barsanuph bekümmert sich, dem Himmel sei es gedankt, nicht viel um das Zauberwesen, er ist ein leutseliger Herr und läßt jeden gewähren, jeden zaubern, so viel er Lust hat, sobald er es sich nur nicht merken läßt und die Abgaben richtig zahlt. So leb' ich hier, wie Sie, liebe Dame, in Ihrem Stift, glücklich und sorgenfrei!" -

„Doktor," rief das Fräulein, indem ihr die Tränen aus den Augen stürzten, „Doktor, was sagen Sie! – welche Aufklärungen! – ja, ich erkenne diesen Hain, wo ich die seligsten Freuden genoß! – Doktor! – edelster Mann, dem ich so viel zu verdanken! – Und Sie können meinen kleinen Schützling so hart verfolgen?" -

„Sie haben," erwiderte der Doktor, „Sie haben, mein bestes Fräulein, von Ihrer angebornen Gutmütigkeit hingerissen, Ihre Gaben an einen Unwürdigen verschleudert. Zinnober ist und bleibt, Ihrer gütigen Hülfe ungeachtet, ein kleiner mißgestalteter Schlingel, der nun, da der goldne Kamm zerbrochen, ganz in meine Hand gegeben ist."

„Haben Sie Mitleiden, o Doktor!" flehte das Fräulein.

„Aber schauen Sie doch nur gefälligst her," sprach Prosper, indem er dem Fräulein Balthasars Horoskop, das er gestellt hatte, vorhielt.

Das Fräulein blickte hinein und rief dann voll Schmerz: „Ja! – wenn es so beschaffen ist, so muß ich wohl weichen der höheren Macht. – Armer Zinnober!" -

„Gestehen Sie, bestes Fräulein," sprach der Doktor lächelnd, „gestehen Sie, daß die Damen oft sich in dem Bizarrsten sehr wohl gefallen, den Einfall, den der Augenblick gebar, rastlos und rücksichtslos verfolgend und jedes schmerzliche Berühren anderer Verhältnisse nicht achtend! – Zinnober muß sein Schicksal verbüßen, aber dann soll er noch zu unverdienter Ehre gelangen. Damit huldige ich Ihrer Macht, Ihrer Güte, Ihrer Tugend. mein sehr wertes gnädigstes Fräulein!"

„Herrlicher, vortrefflicher Mann," rief das Fräulein, „bleiben Sie mein Freund!" -

„Immerdar," erwiderte der Doktor. „Meine Freundschaft, meine innige Zuneigung zu Ihnen, holde Fee, wird nie aufhören. Wenden Sie sich getrost an mich in allen bedenklichen Fällen des Lebens, und – o trinken Sie Kaffee bei mir, sooft es Ihnen zu Sinne kommt."

„Leben Sie wohl, mein würdigster Magus, nie werd' ich Ihre Huld, nie diesen Kaffee vergessen!" So sprach das Fräulein und erhob sich, von innerer Rührung ergriffen, zum Scheiden.

Prosper Alpanus begleitete sie ans Gattertor, während alle wunderbare Stimmen des Waldes auf die lieblichste Weise erklangen.

Vor dem Tor stand, statt des Fräuleins Wagen, die mit den Einhörnern bespannte Kristallmuschel des Doktors, hinter der der Goldkäfer seine glänzenden Flügel ausbreitete. Auf dem Bock saß der Silberfasan und kuckte, die goldnen Zügel im Schnabel haltend, das Fräulein mit klugen Augen an.

In die seligste Zeit ihres herrlichsten Feenlebens fühlte sich die Stiftsdame versetzt, als der Wagen, herrlich tönend, durch den duftenden Wald rauschte.

Siebentes Kapitel

Wie der Professor Mosch Terpin im fürstlichen Weinkeller die Natur erforschte. – Mycetes Belzebub. – Verzweiflung des Studenten Balthasar. – Vorteilhafter Einfluß eines wohleingerichteten Landhauses auf das häusliche Glück. – Wie Prosper Alpanus dem Balthasar eine schildkrötene Dose überreichte und davonritt.

Balthasar, der sich in dem Dorfe Hoch-Jakobsheim versteckt hielt, bekam von dem Referendarius Pulcher aus Kerepes einen Brief des Inhalts: „Unsere Angelegenheiten, bester Freund Balthasar, gehen immer schlechter und schlechter. Unser Feind, der abscheuliche Zinnober, ist Minister der auswärtigen Angelegenheiten geworden und hat den großen Orden des grüngefleckten Tigers mit zwanzig Knöpfen erhalten. Er hat sich aufgeschwungen zum Liebling des Fürsten und setzt alles durch, was er will. Professor Mosch Terpin ist ganz außer sich, er bläht sich auf im dummen Stolz. Durch seines künftigen Schwiegersohns Vermittlung hat er die Stelle des Generaldirektors sämtlicher natürlicher Angelegenheiten im Staate erhalten, eine Stelle, die ihm viel Geld und eine Menge anderer Emolumente einbringt. Als benannter Generaldirektor zensiert und revidiert er die Sonnen- und Mondfinsternisse sowie die Wetterprophezeiungen in den im Staate erlaubten Kalendern und erforscht insbesondere die Natur in der Residenz und deren Bereich. Dieser Beschäftigung halber bekommt er aus den fürstlichen Waldungen das seltenste Geflügel, die raresten Tiere, die er, um eben ihre Natur zu erforschen, braten läßt und auffrißt. Ebenso schreibt er jetzt (wenigstens gibt er es vor) eine Abhandlung darüber, warum der Wein anders schmeckt als Wasser und auch andere Wirkungen äußert, die er seinem Schwiegersohn zueignen will. Zinnober hat es bewirkt, daß Mosch Terpin der Abhandlung wegen alle Tage im fürstlichen Weinkeller studieren darf. Er hat schon einen halben Oxhoft alten Rheinwein sowie mehrere Dutzend Flaschen Champagner verstudiert und ist jetzt an ein Faß Alikante geraten. – Der Kellermeister ringt die Hände! - So ist dem Professor, der, wie Du weißt, das größte Leckermaul auf Erden, geholfen, und er würde das bequemste Leben von der Welt führen, müßte er oft nicht, wenn ein Hagelschlag die Felder verwüstet hat, plötzlich über Land, um den fürstlichen Pächtern zu erklären, warum es gehagelt hat, damit die dummen Teufel ein bißchen Wissenschaft bekommen, sich künftig vor dergleichen hüten können und nicht immer Erlaß der Pacht verlangen dürfen, einer Sache halber, die niemand verschuldet, als sie selbst.

Der Minister kann die Tracht Schläge, die Du ihm erteilt, nicht verwinden. Er hat Dir Rache geschworen. Du wirst Dich gar nicht mehr in Kerepes sehen lassen dürfen. Auch mich verfolgt er sehr, weil ich seine geheimnisvolle Art, sich von einer geflügelten Dame frisieren zu lassen, erlauscht habe. – Solange Zinnober des Fürsten Liebling bleibt, werde ich wohl auf keinen ordentlichen Posten Anspruch machen können. Mein Unstern will es, daß ich immer mit der Mißgeburt zusammengerate, wo ich es gar nicht ahne, und auf eine Weise, die mir fatal werden muß. Neulich ist der Minister in vollem Staat, mit Degen, Stern und Ordensband, im zoologischen Kabinett und hat sich nach seiner gewöhnlichen Weise, den Stock untergestemmt, auf den Fußspitzen schwebend, an den Glasschrank hingestellt, wo die seltensten amerikanischen Affen stehen. Fremde, die das Kabinett besehen, treten heran, und einer, den kleinen Wurzelmann erblickend, ruft laut aus: Ei! – was für ein allerliebster Affe! – welch niedliches Tier! – die Zierde des ganzen Kabinetts! – Ei, wie heißt das hübsche Äfflein? woher des Landes?

Da spricht der Aufseher des Kabinetts sehr ernsthaft, indem er Zinnobers Schulter berührte: Ja, ein sehr schönes Exemplar, ein vortrefflicher Brasilianer, der sogenannte Mycetes Belzebub – Simia Belzebub Linnei – niger, barbatus, podiis caudaque apice brunneis – Brüllaffe -

Herr, – prustet nun der Kleine den Aufseher an, Herr, ich glaube, Sie sind wahnsinnig oder neunmal des Teufels, ich bin kein Belzebub caudaque – kein Brüllaffe, ich bin Zinnober, der Minister Zinnober, Ritter des grüngefleckten Tigers mit zwanzig Knöpfen! – Nicht weit davon stehe ich und breche – hätt' es das Leben gekostet auf der Stelle, ich konnte mich nicht zurückhalten – aus in ein wieherndes Gelächter.

Sind Sie auch da, Herr Referendarius? schnarcht er mich an, indem rote Glut aus seinen Hexenaugen funkelt.

Gott weiß, wie es kam, daß die Fremden ihn immerfort für den schönsten seltensten Affen hielten, den sie jemals gesehen, und ihn durchaus mit Lampertsnüssen füttern wollten, die sie aus der Tasche gezogen. Zinnober geriet nun so ganz außer sich, daß er vergebens nach Atem schnappte und die Beinchen ihm den Dienst versagten. Der herbeigerufene Kammerdiener mußte ihn auf den Arm nehmen und hinabtragen in die Kutsche.

Selbst kann ich mir aber nicht erklären, warum mir diese Geschichte einen Schimmer von Hoffnung gibt. Es ist der erste Tort, der dem kleinen verhexten Unding geschehen.

So viel ist gewiß, daß Zinnober neulich am frühen Morgen sehr verstört aus dem Garten gekommen ist. Die geflügelte Frau muß ausgeblieben sein, denn vorbei ist es mit den schönen Locken. Das Haar soll ihm struppig auf dem Rücken herabhängen und Fürst Barsanuph gesagt haben: Vernachlässigen Sie nicht so sehr Ihre Toilette, bester Minister, ich werde Ihnen meinen Friseur schicken! – worauf denn Zinnober sehr höflich geäußert, er werde den Kerl zum Fenster herausschmeißen lassen, wenn er käme. Große Seele! man kommt Ihnen nicht bei, hat dann der Fürst gesprochen und dabei sehr geweint!

Lebe wohl, liebster Balthasar! gib nicht alle Hoffnung auf und verstecke Dich gut, damit sie Dich nicht greifen!" -

Ganz in Verzweiflung darüber, was ihm der Freund geschrieben, rannte Balthasar tief hinein in den Wald und brach aus in laute Klagen.

„Hoffen soll ich," rief er, „hoffen soll ich noch, da jede Hoffnung verschwunden, da alle Sterne untergegangen und düstere – düstere Nacht mich Trostlosen umfängt? Unseliges Verhängnis! – ich unterliege der finstren Macht, die verderblich in mein Leben getreten! – Wahnsinn, daß ich auf Rettung hoffte von Prosper Alpanus, von diesem Prosper Alpanus, der mich selbst mit höllischen Künsten verlockte und mich forttrieb von Kerepes, indem er die Prügel, die ich dem Spiegelbilde erteilen mußte, auf Zinnobers wahrhaftigen Rücken regnen ließ! „Ach Candida! – Könnt' ich nur das Himmelskind vergessen! – Aber mächtiger, stärker als jemals glüht der Liebesfunke in mir! – Überall sehe ich die holde Gestalt der Geliebten, die mit süßem Lächeln sehnsüchtig die Arme nach mir ausstreckt! - Ich weiß es ja! – du liebst mich, holde süße Candida, und das ist eben mein hoffnungsloser tötender Schmerz, daß ich dich nicht zu retten vermag aus der heillosen Verzauberung, die dich befangen! – Verräterischer Prosper! was tat ich dir, daß du mich so grausam äfftest!" -

Die tiefe Dämmerung war eingebrochen, alle Farben des Waldes schwanden hin in dumpfes Grau. Da war es, als leuchte ein besonderer Glanz wie aufflammender Abendschein durch Baum und Gebüsch, und tausend Insektlein erhoben sich mit rauschendem Flügelschlage sumsend in die Lüfte. Leuchtende Goldkäfer schwangen sich hin und her, und dazwischen flatterten buntgeputzte Schmetterlinge und streuten duftenden Blumenstaub um sich her. Das Wispern und Sumsen wurde zu sanfter, süßflüsternder Musik, die sich tröstend legte an Balthasars zerrissene Brust. Über ihm funkelte stärker strahlend der Glanz. Er schaute hinauf und erblickte staunend Prosper Alpanus, der auf einem wunderbaren Insekt, das einer in den herrlichsten Farben prunkenden Libelle nicht unähnlich, daherschwebte.

Prosper Alpanus senkte sich herab zu dem Jüngling, an dessen Seite er Platz nahm, während die Libelle aufflog in ein Gebüsch und in den Gesang einstimmte, der durch den ganzen Wald tönte.

Er berührte des Jünglings Stirne mit den wundervoll glänzenden Blumen, die er in der Hand trug, und sogleich entzündete sich in Balthasars Innerm frischer Lebensmut.

„Du tust," sprach nun Prosper Alpanus mit sanfter Stimme, „du tust mir großes Unrecht, lieber Balthasar, da du mich grausam und verräterisch schiltst in dem Augenblick, als es mir gelungen ist, Herr zu werden des Zaubers, der dein Leben verstört, als ich, um nur schneller dich zu finden, dich zu trösten, mich auf mein buntes Lieblingsrößlein schwinge und herbeireite, mit allem versehen, was zu deinem Heil dienen kann. – Doch nichts ist bittrer als Liebesschmerz, nichts gleicht der Ungeduld eines in Liebe und Sehnsucht verzweifelnden Gemüts. – Ich verzeihe dir, denn mir ist es selbst nicht besser gegangen, als ich vor ungefähr zweitausend Jahren eine indische Prinzessin liebte, Balsamine geheißen, und dem Zauberer Lothos, der mein bester Freund war, in der Verzweiflung den Bart ausriß, weshalb ich, wie du siehst, selbst keinen trage, damit mir nicht Ähnliches geschehe. – Doch dir dies alles weitläuftig zu erzählen, würde wohl hier an sehr unrechtem Orte sein, da jeder Liebende nur von seiner Liebe hören mag, die er allein der Rede wert hält, so wie jeder

Dichter nur seine Verse gern vernimmt. Also zur Sache! – Wisse, daß Zinnober die verwahrloste Mißgeburt eines armen Bauerweibes ist und eigentlich Klein Zaches heißt. Nur aus Eitelkeit hat er den stolzen Namen Zinnober angenommen. Das Stiftsfräulein von Rosenschön oder eigentlich die berühmte Fee Rosabelverde, denn niemand anders ist jene Dame, fand das kleine Ungetüm am Wege. Sie glaubte, alles, was die Natur dem Kleinen stiefmütterlich versagt, dadurch zu ersetzen, wenn sie ihn mit der seltsamen geheimnisvollen Gabe beschenkte, vermöge der alles, was in seiner Gegenwart irgendein anderer Vortreffliches denkt, spricht oder tut, auf *seine* Rechnung kommen, ja daß er in der Gesellschaft wohlgebildeter, verständiger, geistreicher Personen auch für wohlgebildet, verständig und geistreich geachtet werden und überhaupt allemal für den vollkommensten der Gattung, mit der er im Konflikt, gelten muß.

Dieser sonderbare Zauber liegt in drei feuerfarbglänzenden Haaren, die sich über den Scheitel des Kleinen ziehen. Jede Berührung dieser Haare, sowie überhaupt des Hauptes, mußte dem Kleinen schmerzhaft, ja verderblich sein. Deshalb ließ die Fee sein von Natur dünnes, struppiges Haar in dicken anmutigen Locken hinabwallen, die, des Kleinen Haupt schützend, zugleich jenen roten Streif versteckten und den Zauber stärkten. Jeden neunten Tag frisierte die Fee selbst den Kleinen mit einem goldnen magischen Kamm, und diese Frisur vernichtete jedes auf Zerstörung des Zaubers gerichtete Unternehmen. Aber den Kamm selbst hat ein kräftiger Talisman, den ich der guten Fee, als sie mich besuchte, unterzuschieben wußte, vernichtet.

Es kommt jetzt nur darauf an, ihm jene drei feuerfarbnen Haare auszureißen, und er sinkt zurück in sein voriges Nichts! – Dir, mein lieber Balthasar, ist diese Entzauberung vorbehalten. Du hast Mut, Kraft und Geschicklichkeit, du wirst die Sache ausführen, wie es sich gehört. Nimm dieses kleine geschliffene Glas, nähere dich dem kleinen Zinnober, wo du ihn findest, richte deinen scharfen Blick durch dieses Glas auf sein Haupt, frei und offen werden die drei roten Haare sich über das Haupt des Kleinen ziehen. Packe ihn fest an, achte nicht auf das gellende

Katzengeschrei, das er ausstoßen wird, reiße ihm mit einem Ruck die drei Haare aus und verbrenne sie auf der Stelle. Es ist notwendig, daß die Haare mit *einem* Ruck ausgerissen und *sogleich* verbrannt werden, denn sonst könnten sie noch allerlei verderbliche Wirkungen äußern. Richte daher dein vorzüglichstes Augenmerk darauf, daß du die Haare geschickt und fest erfassest und den Kleinen überfällst, wenn gerade ein Feuer oder ein Licht in der Nähe befindlich.“ -

„O Prosper Alpanus,“ rief Balthasar, „wie schlecht habe ich diese Güte, diesen Edelmut durch mein Mißtrauen verdient! – Wie fühle ich es so in tiefer Brust, das nun mein Leiden endigt, daß alles Himmelsglück mir die goldnen Tore erschließt!“ -

„Ich liebe,“ fuhr Prosper Alpanus fort, „ich liebe Jünglinge, die so wie du, mein Balthasar, Sehnsucht und Liebe im reinen Herzen tragen, in deren Innerm noch jene herrlichen Akkorde widerhallen, die dem fernen Lande voll göttlicher Wunder angehören, das meine Heimat ist. Die glücklichen, mit dieser inneren Musik begabten Menschen sind die einzigen, die man Dichter nennen kann, wiewohl viele auch so gescholten werden, die den ersten besten Brummbaß zur Hand nehmen, darauf herumstreichen und das verworrene Gerassel der unter ihrer Faust stöhnenden Saiten für herrliche Musik halten, die aus ihrem eignen Innern heraustönt. – Dir ist, ich weiß es, mein geliebter Balthasar, dir ist es zuweilen so, als verstündest du die murmelnden Quellen, die rauschenden Bäume, ja, als spräche das aufflammende Abendrot zu dir mit verständlichen Worten! – Ja, mein Balthasar! – in diesen Momenten verstehst du wirklich die wunderbaren Stimmen der Natur, denn aus deinem eignen Innern erhebt sich der göttliche Ton, den die wundervolle Harmonie des tiefsten Wesens der Natur entzündet. – Da du Klavier spielst, o Dichter, so wirst du wissen, daß dem angeschlagenen Ton die ihm verwandten Töne nachklingen. - Dieses Naturgesetz dient zu mehr als zum schalen Gleichnis! - Ja, o Dichter, du bist ein viel besserer, als es manche glauben, denen du deine Versuche, die innere Musik mit Feder und Tinte zu Papier zu bringen, vorgelesen. Mit diesen Versuchen ist es nicht weit her. Doch hast du im historischen Stil einen guten Wurf getan, als du mit pragmatischer Breite und Genauigkeit die Geschichte von der Liebe der Nachtigall zur Purpurrose aufschriebst, welche sich unter meinen Augen begeben. – Das ist eine ganz artige Arbeit" -

Prosper Alpanus hielt inne, Balthasar blickte ihn ganz verwundert an mit großen Augen, er wußte gar nicht, was er dazu sagen sollte, daß Prosper das Gedicht, welches er für das fantastischste hielt, das er jemals aufgeschrieben, für einen historischen Versuch erklärte.

„Du magst," fuhr Prosper Alpanus fort, indem ein anmutiges Lächeln sein Gesicht überstrahlte, „du magst dich wohl über meine Reden verwundern, dir mag überhaupt manches seltsam an mir vorkommen. Bedenke aber, daß ich nach dem Urteil aller vernünftigen Leute eine Person bin, die nur im Märchen auftreten darf, und du weißt, geliebter Balthasar, daß solche Personen sich wunderlich gebärden und tolles Zeug schwatzen können, wie sie nur mögen, vorzüglich wenn hinter allem doch etwas steckt, was gerade nicht zu verwerfen. – Nun aber weiter! – Nahm sich die Fee Rosabelverde des mißgestalteten Zinnober so eifrig an, so bist du, mein Balthasar, nun ganz und gar mein lieber Schützling. Höre also, was ich für dich zu tun gesonnen! – Der Zauberer Lothos besuchte mich gestern, er brachte mir tausend Grüße, aber auch tausend Klagen von der Prinzessin Balsamine, die aus dem Schlafe erwacht ist und in den süßen Tönen des Chartah Bhade, jenes herrlichen Gedichts, das unsere erste Liebe war, sehnende Arme nach mir ausstreckt. Auch mein alter Freund, der Minister Yuchi, winkt mir freundlich zu vom Polarstern. – Ich muß fort nach dem fernsten Indien! – Mein Landgut, das ich verlasse, wünsche ich in keines andern Besitz zu sehen als in dem deinigen. Morgen gehe ich nach Kerepes und lasse eine förmliche Schenkungsurkunde ausfertigen, in der ich als dein Oheim auftrete. Ist nun Zinnobers Zauber gelöst, trittst du vor den Professor Mosch Terpin hin als Besitzer eines vortrefflichen Landguts, eines beträchtlichen Vermögens, und wirbst du um die Hand der schönen Candida, so wird er in voller Freude dir alles gewähren. Aber noch mehr! – Ziehst du mit deiner Candida ein in mein Landhaus, so ist das Glück deiner Ehe gesichert. Hinter den schönen Bäumen wächst alles, was das Haus bedarf; außer den herrlichsten Früchten der schönste Kohl und tüchtiges schmackhaftes Gemüse überhaupt, wie man es weit und breit nicht findet. Deine Frau wird immer den ersten Salat, die ersten Spargel haben. Die Küche ist so eingerichtet, daß die Töpfe niemals überlaufen und keine Schüssel verdirbt, solltest du auch einmal eine ganze Stunde über die Essenszeit ausbleiben. Teppiche, Stuhl- und Sofa-Bezüge sind von der Beschaffenheit, daß es bei der größten Ungeschicklichkeit der Dienstboten unmöglich bleibt, einen Fleck hineinzubringen, ebenso zerbricht kein Porzellan, kein Glas, sollte sich auch die Dienerschaft deshalb die größte Mühe geben und es auf den härtesten Boden werfen. Jedesmal endlich, wenn deine Frau waschen läßt, ist auf dem großen Wiesenplan hinter dem Hause das allerschönste heiterste Wetter, sollte es auch rings umher regnen, donnern und blitzen. Kurz, mein Balthasar, es ist dafür gesorgt, daß du das häusliche Glück an deiner holden Candida Seite ruhig und ungestört genießest! -

Doch nun ist es wohl an der Zeit, daß ich heimkehre und in Gemeinschaft mit meinem Freunde Lothos die Anstalten zu meiner baldigen Abreise beginne. Lebe wohl, mein Balthasar!“ -

Damit pfiff Prosper ein- zweimal der Libelle, die alsbald sumsend herbeiflog. Er zäumte sie auf und schwang sich in den Sattel. Aber schon im Davonschweben hielt er plötzlich an und kehrte um zu Balthasar. -

„Beinahe,“ sprach er, „hätte ich deinen Freund Fabian vergessen. In einem Anfall schalkischer Laune habe ich ihn für seinen Vorwitz zu hart gestraft. In dieser Dose ist das enthalten, was ihn tröstet!“ -

Prosper reichte dem Balthasar ein kleines, blank poliertes schildkrötenes Döschen hin, das er ebenso einsteckte, wie die kleine Lorgnette, die er erst zur Entzauberung Zinnobers von Prosper erhalten.

Prosper Alpanus rauschte nun fort durch das Gebüsch, indem die Stimmen des Waldes stärker und anmutiger ertönten.

Balthasar kehrte zurück nach Hoch-Jakobsheim, alle Wonne, alles Entzücken der süßesten Hoffnung im Herzen.

Achtes Kapitel

Wie Fabian seiner langen Rockschöße halber für einen Sektierer und Tumultuanten gehalten wurde. – Wie Fürst Barsanuph hinter den Kaminschirm trat und den Generaldirektor der natürlichen Angelegenheiten kassierte. – Zinnobers Flucht aus Mosch Terpins Hause. – Wie Mosch Terpin auf einem Sommervogel ausreiten und Kaiser werden wollte, dann aber zu Bette ging.

In der frühesten Morgendämmerung, als Wege und Straßen noch einsam, schlich sich Balthasar hinein nach Kerepes und lief augenblicklich zu seinem Freunde Fabian. Als er an die Stubentüre pochte, rief eine kranke matte Stimme: „Herein!" -

Bleich – entstellt, hoffnungslosen Schmerz im Antlitz, lag Fabian auf dem Bette. „Um des Himmels willen," rief Balthasar, „um des Himmels willen – Freund! sprich! – was ist dir widerfahren?"

„Ach Freund," sprach Fabian mit gebrochener Stimme, indem er sich mühsam in die Höhe richtete, „mit mir ist es aus, rein aus. Der verfluchte Hexenspuk, den, ich weiß es, der rachsüchtige Prosper Alpanus über mich gebracht, stürzt mich ins Verderben!" -

„Wie ist das möglich?" fragte Balthasar; „Zauberei, Hexenspuk, du glaubtest sonst an dergleichen nicht." „Ach," fuhr Fabian mit weinerlicher Stimme fort, „ach, ich glaube jetzt an alles, an Zauberer und Hexen und Erdgeister und Wassergeister, an den Rattenkönig und die Alraunwurzel – an alles, was du willst. Wem das Ding so auf den Hals tritt wie mir, der gibt sich wohl! – Du erinnerst dich an den höllischen Skandal mit meinem Rocke, als wir von Prosper Alpanus kamen! – Ja! wär' es nur dabei geblieben! – Sieh dich doch etwas um in meinem Zimmer, lieber Balthasar!" -

Balthasar tat es und gewahrte an allen Wänden rings umher eine Unzahl von Fracks, Überröcken, Kurtken von allem möglichen Zuschnitt, von allen möglichen Farben. „Wie," rief er, „willst du einen Kleiderkram anlegen, Fabian?"

„Spotte nicht," erwiderte Fabian, „spotte nicht, lieber Freund. Alle diese Kleider ließ ich anfertigen von den berühmtesten Schneidern, immer hoffend, endlich einmal der unseligen Verdammnis zu entgehen, die auf meinen Röcken ruht, aber umsonst. Sowie ich den schönsten Rock, der mir steht wie angegossen an den Leib, nur einige Minuten trage, rutschen die Ärmel mir an die Schultern herauf, und die Schöße schwänzeln mir nach sechs Ellen lang. In der Verzweiflung ließ ich mir jenen Spenzer mit den eine Welt langen Pierrotsärmeln machen: Rutscht nur, Ärmel, dacht' ich, dehnt euch nur aus, Schöße, so kommt alles ins Gleiche: aber! – ganz dasselbe wie mit allen andern Röcken war es in wenigen Minuten! Alle Kunst und Kraft der mächtigsten Schneider richtete nichts aus gegen den verwünschten Zauber! Daß ich verhöhnt, verspottet wurde, wo ich mich nur blicken ließ, versteht sich von selbst, aber bald veranlaßte meine unverschuldete Hartnäckigkeit, immer wieder in einem solch verteufelten Rock zu erscheinen, ganz andere Urteile. Das Geringste war noch, daß die Frauen mich grenzenlos eitel und abgeschmackt schalten, da ich aller Sitte entgegen mich durchaus mit nackten Armen, sie wahrscheinlich für sehr schön haltend, sehen lassen wolle. Die Theologen aber schrien mich bald für einen Sektierer aus, stritten sich nur, ob ich zur Sekte der Ärmelianer oder Schößianer zu rechnen, waren aber darin einig, daß beide Sekten höchst gefährlich zu nennen, da beide vollkommene Freiheit des Willens statuierten und sich erfrechten zu denken, was sie wollten. Diplomatiker hielten mich für einen schnöden Aufwiegler. Sie behaupteten, ich wolle durch meine langen Rockschöße Unzufriedenheit im Volke erregen und es aufsässig machen gegen die Regierung, gehöre überhaupt zu einem geheimen Bunde, dessen Zeichen ein kurzer Ärmel sei. Schon seit langer Zeit fänden sich hie und da Spuren der Kurzärmler, die ebenso zu fürchten als die Jesuiten, ja noch mehr, da sie sich bemühten, überall die jedem Staate schädliche Poesie einzuführen, und an der Infallibilität der Fürsten zweifelten. Kurz! – das Ding wurde ernster und ernster, bis mich der Rektor zitieren ließ. Ich sah mein Unglück vorher, wenn ich einen Rock anzog, erschien also in der Weste. Darüber wurde der Mann zornig, er glaubte, ich wolle ihn verhöhnen, und fuhr auf mich los, ich solle binnen acht Tagen in einem vernünftigen anständigen

Rock vor ihm erscheinen, widrigenfalls er ohne alle Gnade die Relegation über mich aussprechen würde. – Heute geht der Termin zu Ende! – O ich Unglücklicher! - O verdammter Prosper Alpanus!“ -

„Halt ein,“ rief Balthasar, „halt ein, lieber Freund Fabian, schmäle nicht auf meinen teuern lieben Oheim, der mir ein Landgut geschenkt hat. Auch mit *dir* meint er es gar nicht so böse, ungeachtet er, ich muß es gestehen, den Vorwitz, womit du ihm begegnetest, zu hart gestraft hat. - Doch ich bringe Hülfe! – er sendet dir dies Döschen, welches alle deine Leiden enden soll.“

Damit zog Balthasar das kleine schildkrötene Döschen, welches er von Prosper Alpanus erhalten, aus der Tasche und überreichte es dem trostlosen Fabian.

„Was soll,“ Sprach dieser, „was soll mir denn der dumme Quark helfen? wie kann ein kleines schildkrötenes Döschen Einfluß haben auf die Gestaltung meiner Röcke?“ „Das weiß ich nicht,“ erwiderte Balthasar, „aber mein lieber Oheim kann und wird mich nicht täuschen, ich habe das vollste Zutrauen zu ihm; darum öffne nur die Dose, lieber Fabian, wir wollen sehen, was darin enthalten.“

Fabian tat es – und aus der Dose quoll ein herrlich gemachter schwarzer Frack von dem feinsten Tuche hervor. Beide, Fabian und Balthasar, konnten sich des lauten Ausrufs der höchsten Verwunderung nicht erwehren.

„Ha, ich verstehe dich,“ rief Balthasar begeistert, „ha, ich verstehe dich, mein Prosper, mein teurer Oheim! Dieser Rock wird passen, wird allen Zauber lösen.“ -

Fabian zog den Rock ohne weiteres an, und was Balthasar geahnet, traf wirklich ein. Das schöne Kleid saß dem Fabian, wie noch niemals ihm eins gesessen, und an Rutschen der Ärmel, an Verlängerung der Schöße war nicht zu denken.

Ganz außer sich vor Freude, beschloß Fabian nun sogleich in seinem neuen wohlpassenden Rock zum Rektor hinzulaufen und alles ins Gleiche zu bringen.

Balthasar erzählte nun seinem Freunde Fabian ausführlich, wie sich alles begeben mit Prosper Alpanus, und wie dieser ihm die Mittel in die Hand gegeben, dem heillosen Unwesen des mißgestalteten Däumlings ein Ende zu machen. Fabian, der ein ganz anderer worden, da ihn alle Zweifelsucht ganz verlassen, rühmte Prospers hohen Edelmut über alle Maßen und erbot sich, bei Zinnobers Entzauberung hülfreiche Hand zu leisten. In dem Augenblick gewahrte Balthasar aus dem Fenster seinen Freund, den Referendarius Pulcher, der ganz trübsinnig um die Ecke schleichen wollte. Fabian steckte auf Balthasars Geheiß den Kopf zum Fenster heraus und winkte und rief dem Referendarius zu, er möge doch nur gleich heraufkommen.

Sowie Pulcher eintrat, rief er gleich: „Was hast du denn für einen herrlichen Rock an, lieber Fabian!“ Dieser sagte aber, Balthasar werde ihm alles erklären, und lief fort zum Rektor.

Als nun Balthasar dem Referendarius alles ausführlich erzählt, was sich zugetragen, sprach dieser. „Gerade an der Zeit ist es nun, daß der abscheuliche Unhold tot gemacht wird. Wisse, daß er heute seine feierliche Verlobung mit Candida feiert, daß der eitle Mosch Terpin ein großes Fest gibt, wozu er selbst den Fürsten geladen. Gerade bei diesem Feste wollen wir eindringen in des Professors Haus und den Kleinen überfallen. An Lichtern im Saal wird's nicht fehlen zum augenblicklichen Verbrennen der feindseligen Haare.“

Noch manches hatten die Freunde gesprochen und miteinander verabredet, als Fabian eintrat mit vor Freude glänzendem Gesicht.

„Die Kraft,“ sprach er, „die Kraft des Rocks, der der schildkrötenen Dose entquollen, hat sich herrlich bewährt. Sowie ich eintrat bei dem Rektor, lächelte er zufrieden. Ha redete er mich an, ha! – ich gewahre, mein lieber Fabian, daß Sie zurückgekommen sind von Ihrer seltsamen Verirrung! – Nun! Feuerköpfe wie Sie lassen sich leicht hinreißen zu dem Extremen! –

Für religiöse Schwärmerei habe ich Ihr Beginnen niemals gehalten – mehr falsch verstandener Patriotismus – Hang zum Außerordentlichen, gestützt auf das Beispiel der Heroen des Altertums. – Ja, das lasse ich gelten, solch ein schöner, wohlpassender Rock! – Heil dem Staate, Heil der Welt, wenn hochherzige Jünglinge solche Röcke tragen, mit solchen passenden Ärmeln und Schößen. Bleiben Sie treu, Fabian, bleiben Sie treu solcher Tugend, solchem wackren Sinn, daraus entsproßt wahre Heldengröße! - Der Rektor umarmte mich, indem helle Tränen ihm in die Augen traten. Selbst weiß ich nicht, wie ich dazu kam, die kleine schildkrötene Dose, aus der der Rock entstanden und die ich nun in dessen Tasche gesteckt, hervorzuziehen. Bitte! sprach der Rektor, indem er Daum und Zeigefinger zusammenspitzte. Ohne zu wissen, ob wohl Tabak darin enthalten, klappte ich die Dose auf. Der Rektor griff hinein, schnupfte, faßte meine Hand, drückte sie stark, Tränen liefen ihm über die Wangen; er sprach tiefgerührt: Edler Jüngling! – eine schöne Prise! – Alles ist vergeben und vergessen, speisen Sie bei mir heut mittags! – Ihr seht, Freunde, all mein Leiden hat ein Ende, und gelingt uns heute, wie es anders gar nicht zu erwarten steht, die Entzauberung Zinnobers, so seid auch ihr fortan glücklich!“ -

In dem mit hundert Kerzen erleuchteten Saal stand der kleine Zinnober im scharlachroten gestickten Kleide, den großen Orden des grüngefleckten Tigers mit zwanzig Knöpfen umgetan, Degen an der Seite, Federhut unterm Arm. Neben ihm die holde Candida bräutlich geschmückt, in aller Anmut und Jugend strahlend. Zinnober hatte ihre Hand gefaßt, die er zuweilen an den Mund drückte und dabei recht widrig grinste und lächelte. Und jedesmal überflog dann ein höheres Rot Candidas Wangen, und sie blickte den Kleinen an mit dem Ausdruck der innigsten Liebe. Das war denn wohl recht graulich anzusehen, und nur die Verblendung, in die Zinnobers Zauber alle versetzte, war schuld daran, daß man nicht, ergrimmt über Candidas heillose Verstrickung, den kleinen Hexenkerl packte und ins Kaminfeuer warf. Rings um das Paar im Kreise in ehrerbietiger Entfernung hatte sich die Gesellschaft gesammelt. Nur Fürst Barsanuph stand neben Candida und mühte sich, bedeutungsvolle gnädige Blicke umherzuwerfen, auf die indessen niemand sonderlich achtete. Alles hatte nur Auge für das Brautpaar und hing an Zinnobers Lippen, der hin und wieder einige unverständliche Worte schnurrte, denen jedesmal ein leises Ach! der höchsten Bewunderung, das die Gesellschaft ausstieß, folgte.

Es war an dem, daß die Verlobungsringe gewechselt werden sollten. Mosch Terpin trat in den Kreis mit einem Präsentierteller, auf dem die Ringe funkelten. Er räusperte sich – Zinnober hob sich auf den Fußspitzen so hoch als möglich, beinahe reichte er der Braut an den Ellbogen. – Alles stand in der gespanntesten Erwartung – da lassen sich plötzlich fremde Stimmen hören, die Türe des Saals springt auf, Balthasar dringt ein, mit ihm Pulcher – Fabian! – Sie brechen durch den Kreis – „Was ist das, was wollen die Fremden?" ruft alles durcheinander. -

Fürst Barsanuph schreit entsetzt: „Aufruhr – Rebellion – Wache!" und springt hinter den Kaminschirm. – Mosch Terpin erkennt den Balthasar, der dicht bis zum Zinnober vorgedrungen, und ruft: „Herr Studiosus! – Sind Sie rasend – sind Sie von Sinnen? – wie können Sie sich unterstehen, hier einzudringen in die Verlobung! – Leute – Gesellschaft – Bediente, werft den Grobian zur Türe hinaus!" -

Aber ohne sich nur im mindesten an irgend etwas zu kehren, hat Balthasar schon Prospers Lorgnette hervorgezogen und richtet durch dieselbe den festen Blick auf Zinnobers Haupt. Wie vom elektrischen Strahl getroffen, stößt Zinnober ein gellendes Katzengeschrei aus, daß der ganze Saal widerhallt. Candida fällt ohnmächtig auf einen Stuhl; der eng geschlossene Kreis der Gesellschaft stäubt auseinander. – Klar vor Balthasars Augen liegt der feuerfarbglänzende Haarstreif, er spring zu auf Zinnober – faßt ihn, der strampelt mit den Beinchen und sträubt sich und kratzt und beißt.

„Angepackt – angepackt!" ruft Balthasar; da fassen Fabian und Pulcher den Kleinen, daß er sich nicht zu regen und zu bewegen vermag, und Balthasar faßt sicher und behutsam die roten Haare, reißt sie mit einem Ruck vom Haupte herab, springt an den Kamin, wirft sie ins Feuer, sie prasseln auf, es geschieht ein betäubender Schlag, alle erwachen wie aus dem Traum. – Da steht der kleine Zinnober, der sich mühsam aufgerafft von der Erde, und schimpft und schmält und befiehlt, man solle die frechen Ruhestörer, die sich an der geheiligten Person des ersten Ministers im Staate vergriffen, sogleich packen und ins tiefste Gefängnis werfen! Aber einer frägt den andern: „Wo kommt denn mit einemmal der kleine purzelbäumige Kerl her? – was will das kleine Ungetüm?" – Und wie der Däumling immerfort tobt und mit den Füßchen den Boden stampft und immer dazwischen ruft: „Ich bin der Minister Zinnober – ich bin der Minister Zinnober – der grüngefleckte Tiger mit zwanzig Knöpfen!" da bricht alles in ein tolles Gelächter aus. Man umringt den Kleinen, die Männer heben ihn auf und werfen sich ihn zu wie einen Fangball; ein Ordensknopf nach dem andern springt ihm vom Leibe – er verliert den Hut - den Degen, die Schuhe. – Fürst Barsanuph kommt hinter dem Kaminschirm hervor und tritt hinein mitten in den Tumult. Da kreischt der Kleine: „Fürst Barsanuph – Durchlaucht – retten Sie Ihren Minister – Ihren Liebling! – Hülfe – Hülfe – der Staat ist in Gefahr – der grüngefleckte Tiger – Weh – weh!" – Der Fürst wirft einen grimmigen Blick auf den Kleinen und schreitet dann rasch vorwärts nach der Türe. Mosch Terpin kommt ihm in den Weg, den faßt er, zieht ihn in die Ecke und spricht mit zornfunkelnden Augen: „Sie erdreisten sich, Ihrem Fürsten, Ihrem Landesvater hier eine dumme Komödie vorspielen zu wollen? – Sie laden mich ein zur Verlobung Ihrer Tochter mit meinem würdigen Minister Zinnober, und statt meines Ministers finde ich hier eine abscheuliche Mißgeburt, die Sie in glänzende Kleider gesteckt? – Herr, wissen Sie, daß das ein landesverräterischer Spaß ist, den ich strenge ahnden würde, wenn Sie nicht ein ganz alberner Mensch wären, der ins Tollhaus gehört. – Ich entsetze Sie des Amts als Generaldirektor der natürlichen Angelegenheiten und verbitte mir alles weitere Studieren in meinem Keller! – Adieu!"

Dann stürmte er fort.

Aber Mosch Terpin stürzte zitternd vor Wut los auf den Kleinen, faßte ihn bei den langen struppigen Haaren und rannte mit ihm hin nach dem

Fenster: „Hinunter mit dir," schrie er, „hinunter mit dir, schändliche heillose Mißgeburt, die mich so schmachvoll hintergangen, mich um alles Glück des Lebens gebracht hat!"

Er wollte den Kleinen hinabstürzen durch das geöffnete Fenster, doch der Aufseher des zoologischen Kabinetts, der auch zugegen, sprang mit Blitzesschnelle hinzu, faßte den Kleinen und entriß ihn Mosch Terpins Fäusten. „Halten Sie ein," sprach der Aufseher, „halten Sie ein, Herr Professor, vergreifen Sie sich nicht an fürstlichem Eigentum. Es ist keine Mißgeburt, es ist der Mycetes Belzebub, Simia Belzebub, der dem Museo entlaufen." „Simia Belzebub – Simia Belzebub!" ertönte es von allen Seiten unter schallendem Gelächter. Doch kaum hatte der Aufseher den Kleinen auf den Arm genommen und ihn recht angesehen, als er unmutig ausrief: „Was sehe ich! – das ist ja nicht Simia Belzebub, das ist ja ein schnöder häßlicher Wurzelmann! Pfui! - pfui" -

Und damit warf er den Kleinen in die Mitte des Saals. Unter dem lauten Hohngelächter der Gesellschaft rannte der Kleine quiekend und knurrend durch die Türe fort die Treppe herab – fort, fort nach seinem Hause, ohne daß ihn ein einziger von seinen Dienern bemerkt.

Währenddessen, daß sich dies alles im Saale begab, hatte sich Balthasar in das Kabinett entfernt, wo man, wie er wahrgenommen, die ohnmächtige Candida hingebracht. Er warf sich ihr zu Füßen, drückte ihre Hände an seine Lippen, nannte sie mit den süßesten Namen. Sie erwachte endlich mit einem tiefen Seufzer, und als sie den Balthasar erblickte, da rief sie voll Entzücken:

„Bist du endlich – endlich da, mein geliebter Balthasar! Ach, ich bin ja beinahe vergangen vor Sehnsucht und Liebesschmerz! – und immer erklangen mir die Töne der Nachtigall, von denen berührt, der Purpurrose das Herzblut entquillt!" -

Nun erzählte sie, alles, alles um sich her vergessend, wie ein böser abscheulicher Traum sie verstrickt, wie es ihr vorgekommen, als habe sich ein häßlicher Unhold an ihr Herz gelegt, dem sie ihre Liebe schenken müssen, weil sie nicht anders gekonnt. Der Unhold habe sich zu verstellen gewußt, daß er ausgesehen wie Balthasar; und wenn sie recht lebhaft an Balthasar gedacht, habe sie zwar gewußt, daß der Unhold nicht Balthasar, aber dann sei es ihr wieder auf unbegreifliche Weise gewesen, als müsse sie den Unhold lieben, eben um Balthasars willen.

Balthasar klärte ihr so viel auf, als es geschehen konnte, ohne ihre ohnehin aufgeregten Sinne ganz und gar zu verwirren. Dann folgten, wie es unter Liebesleuten nicht anders zu geschehen pflegt, tausend Versicherungen, tausend Schwüre ewiger Liebe und Treue. Und dabei umfingen sie sich und drückten sich mit der Inbrunst der innigsten Zärtlichkeit an die Brust und waren ganz und gar umflossen von aller Wonne, von allem Entzücken des höchsten Himmels.

Mosch Terpin trat ein, händeringend und lamentierend, mit ihm kamen Pulcher und Fabian, die immerfort, jedoch vergebens trösteten.

„Nein,“ rief Mosch Terpin, „nein, ich bin ein total geschlagener Mann! – nicht mehr Generaldirektor der natürlichen Angelegenheiten im Staate. – Kein Studium mehr im fürstlichen Keller – die Ungnade des Fürsten – ich gedachte Ritter zu werden des grüngefleckten Tigers, wenigstens mit fünf Knöpfen. – Alles aus! – Was wird nur Se. Exzellenz der würdige Minister Zinnober dazu sagen, wenn er hört, daß ich eine schnöde Mißgeburt, den Simia Belzebub cauda prehensili, oder was weiß ich sonst, für ihn gehalten! – O Gott, auch sein Haß wird auf mich lasten! – Alikante! – Alikante!“ -

„Aber, bester Professor,“ trösteten die Freunde – „verehrter Generaldirektor, bedenken Sie doch nur, daß es gar keinen Minister Zinnober mehr gibt! – Sie haben sich ganz und gar nicht vergriffen, der ungestaltete Knirps hat vermöge der Zaubergabe, die er von der Fee Rosabelverde erhalten, Sie ebensogut getäuscht, wie uns alle!“ -

Nun erzählte Balthasar, wie sich alles begeben von Anfang an. Der Professor horchte und horchte, bis Balthasar geendet, da rief er: „Wach' ich! – träum' ich – Hexen – Zauberer – Feen – magische Spiegel – Sympathien – soll ich an den Unsinn glauben“ -

„Ach liebster Herr Professor,“ fiel Fabian ein, „hätten Sie nur eine Zeitlang einen Rock getragen mit kurzen Ärmeln und langer Schleppe, so wie ich, Sie würden schon an alles glauben, daß es eine Lust wäre!“ -

„Ja,“ rief Mosch Terpin, „ja, es ist alles so - ja! – ein verhextes Untier hat mich getäuscht – ich stehe nicht mehr auf den Füßen – ich schwebe auf zur Decke –Prosper Alpanus holt mich ab – ich reite aus auf einem Sommervogel – ich laß mich frisieren von der Fee Rosabelverde – von dem Stiftsfräulein Rosenschön, und werde Minister! - König – Kaiser!“ -

Und damit sprang er im Zimmer umher und schrie und juchzte, daß alle für seinen Verstand fürchteten, bis er ganz erschöpft in einen Lehnsessel sank. Da nahten sich ihm Candida und Balthasar. Sie sprachen davon, wie sie sich so innig, so über alles liebten, wie sie gar nicht ohne einander leben könnten, und das war recht wehmütig anzuhören, weshalb Mosch Terpin auch wirklich etwas weinte. „Alles,“ sprach er schluchzend, „alles, was ihr wollt, Kinder! – heiratet euch, liebt euch – hungert zusammen, denn ich gebe der Candida keinen Groschen mit“ -

Was das Hungern beträfe, sprach Balthasar lächelnd, so hoffe er morgen den Herrn Professor zu überzeugen, daß davon wohl niemals die Rede sein könne, da sein Oheim Prosper Alpanus hinlänglich für ihn gesorgt.

„Tue das,“ sprach der Professor matt, „tue das, mein lieber Sohn, wenn du kannst, und zwar morgen; denn soll ich nicht in Wahnsinn verfallen, soll mir der Kopf nicht zerspringen, so muß ich sofort zu Bette gehen!“ -

Er tat das wirklich auf der Stelle.

Neuntes Kapitel

Verlegenheit eines treuen Kammerdieners. – Wie die alte Liese eine Rebellion anzettelte und der Minister Zinnober auf der Flucht ausglitschte. – Auf welche merkwürdige Weise der Leibarzt des Fürsten

Zinnobers jähen Tod erklärte. – Wie Fürst Barsanuph sich betrübte, Zwiebeln aß, und wie Zinnobers Verlust unersetzlich blieb.

Der Wagen des Ministers Zinnober hatte beinahe die ganze Nacht vergeblich vor Mosch Terpins Hause gehalten. Ein Mal über das andere versicherte man dem Jäger, Se. Exzellenz müßten schon lange die Gesellschaft verlassen haben; der meinte aber dagegen, das sei ganz unmöglich, da Se. Exzellenz doch wohl nicht im Regen und Sturm zu Fuß nach Hause gerannt sein würde. Als nun endlich alle Lichter ausgelöscht und die Türen verschlossen wurden, mußte der Jäger zwar fortfahren mit dem leeren Wagen, im Hause des Ministers weckte er aber sogleich den Kammerdiener und fragte, ob denn ums Himmels willen und auf welche Art der Minister nach Hause gekommen. „Se. Exzellenz," erwiderte der Kammerdiener leise dem Jäger ins Ohr, „Se. Exzellenz sind gestern eingetroffen in später Dämmerung, das ist ganz gewiß – liegen im Bette und schlafen. – Aber! – o mein guter Jäger! – wie – auf welche Weise! – ich will Ihnen alles erzählen – doch Siegel auf den Mund – ich bin ein verlornen Mann, wenn Se. Exzellenz erfahren, daß ich es war auf dem finstern Korridor! – ich komme um meinen Dienst, denn Se. Exzellenz sind zwar von kleiner Statur, besitzen aber außerordentlich viel Wildheit, alterieren sich leicht, kennen sich selbst nicht im Zorn, haben noch gestern eine schnöde Maus, die durch Sr. Exzellenz Schlafzimmer zu hüpfen sich unterfangen, mit dem blank gezogenen Degen durch und durch gerannt. – Nun gut! – Also in der Dämmerung nehme ich mein Mäntelchen um und will ganz sachte hinüberschleichen ins Weinstübchen zu einer Partie Tric-Trac, da schurrt und schlurrt mir etwas auf der Treppe entgegen und kommt mir auf dem finstern Korridor zwischen die Beine und schlägt hin auf den Boden und erhebt ein gellendes Katzengeschrei und grunzt dann wie – o Gott – Jäger! – halten Sie das Maul, edler Mann, sonst bin ich hin! – kommen Sie ein wenig näher – und grunzt dann, wie unsere gnädige Exzellenz zu grunzen pflegt, wenn der Koch die Kälberkeule verbraten oder ihm sonst im Staate was nicht recht ist."

Die letzten Worte hatte der Kammerdiener dem Jäger mit vorgehaltener Hand ins Ohr gesprochen. Der Jäger fuhr zurück, schnitt ein bedenkliches Gesicht und rief: „Ist es möglich!“ -

„Ja,“ fuhr der Kammerdiener fort, „es war unbezweifelt unsere gnädige Exzellenz, was mir auf dem Korridor durch die Beine fuhr. Ich vernahm nun deutlich, wie der Gnädige in den Zimmern die Stühle heranrückte und sich die Türe eines Zimmers nach dem andern öffnete, bis er in sein Schlafkabinett angekommen. Ich wagt' es nicht nachzugehen, aber ein paar Stündchen nachher schlich ich mich an die Türe des Schlafkabinetts und horchte. Da schnarchten die liebe Exzellenz ganz auf die Weise, wie es zu geschehen pflegt, wenn Großes im Werke. – Jäger! es gibt mehr Dinge im Himmel und auf Erden, als unsere Weisheit sich träumt, das hört' ich einmal auf dem Theater einen melancholischen Prinzen sagen, der ganz schwarz ging und sich vor einem ganz in grauen Pappendeckel gekleideten Mann sehr fürchtete. – Jäger! – es ist gestern irgend etwas Erstaunliches geschehen, das die Exzellenz nach Hause trieb. Der Fürst ist bei dem Professor gewesen, vielleicht äußerte er das und das – irgendein hübsches Reformchen – und da ist nun der Minister gleich drüber her, läuft aus der Verlobung heraus und fängt an zu arbeiten für das Wohl der Regierung. – Ich hört's gleich am Schnarchen; ja Großes, Entscheidendes wird geschehen! – O Jäger – vielleicht lassen wir alle über kurz oder lang uns wieder die Zöpfe wachsen! – Doch, teurer Freund, lassen Sie uns hinabgehen und als treue Diener an der Türe des Schlafzimmers lauschen, ob Se. Exzellenz auch noch ruhig im Bette liegen und die inneren Gedanken ausarbeiten.“

Beide, der Kammerdiener und der Jäger, schlichen sich hin an die Türe und horchten. Zinnober schnurrte und orgelte und pfiff durch die wundersamsten Tonarten. Beide Diener standen in stummer Ehrfurcht, und der Kammerdiener sprach tiefgerührt: „Ein großer Mann ist doch unser gnädige Herr Minister!“ -

Schon am frühsten Morgen entstand unten im Hause des Ministers ein gewaltiger Lärm. Ein altes, erbärmlich in längst verblichenen Sonntagsstaat gekleidetes Bauerweib hatte sich ins Haus gedrängt und dem Portier angelegen, sie sogleich zu ihrem Söhnlein, zu Klein Zaches zu führen. Der Portier hatte sie bedeutet, daß Se. Exzellenz der Herr Minister von Zinnober, Ritter des grüngefleckten Tigers mit zwanzig Knöpfen, im Hause wohne, und niemand von der Dienerschaft Klein Zaches hieße oder so genannt werde. Da hatte das Weib aber ganz tolljubelnd geschrien, der Herr Minister Zinnober mit zwanzig Knöpfen, das sei eben ihr liebes Söhnlein, der Klein Zaches. Auf das Geschrei des Weibes, auf die donnernden Flüche des Portiers war alles aus dem ganzen Hause zusammengelaufen, und das Getöse wurde ärger und ärger. Als der Kammerdiener hinabkam, um die Leute auseinander zu jagen, die Se. Exzellenz so unverschämt in der Morgenruhe störten, warf man eben das Weib, die alle für wahnsinnig hielten, zum Hause heraus.

Auf die steinernen Stufen des gegenüberstehenden Hauses setzte sich nun das Weib hin und schluchzte und lamentierte, daß das grobe Volk da drinnen sie nicht zu ihrem Herzenssöhnlein, zu dem Klein Zaches, der Minister geworden, lassen wolle. Viele Leute versammelten sich nach und nach um sie her, denen sie immer und immer wiederholte, daß der Minister Zinnober niemand anders sei, als ihr Sohn, den sie in der Jugend Klein Zaches geheißen; so daß die Leute zuletzt nicht wußten, ob sie die Frau für toll halten oder gar ahnen sollten, daß wirklich was an der Sache.

Die Frau wandte nicht die Augen weg von Zinnobers Fenster. Da schlug sie mit einemmal eine helle Lache auf, klopfte die Hände zusammen und rief jubelnd überlaut: „Da ist er – da ist er, mein Herzensmännlein – mein kleines Koboldchen - Guten Morgen, Klein Zaches! – Guten Morgen, Klein Zaches!“ – Alle Leute kuckten hin, und als sie den kleinen Zinnober gewahrten, der in seinem gestickten Scharlachkleide, das Ordensband des grüngefleckten Tigers umgehängt, vor dem Fenster stand, das hinabging bis an den Fußboden, so daß seine ganze Figur durch die großen Scheiben deutlich zu sehen, lachten sie ganz übermäßig und lärmten und schrien: „Klein Zaches – Klein Zaches! Ha, seht doch den kleinen geputzten Pavian – die tolle Mißgeburt – das Wurzelmännlein – Klein Zaches! Klein Zaches!“ – Der Portier, alle Diener Zinnobers rannten heraus, um zu erschauen, worüber das Volk denn so unmäßig lache und jubiliere. Aber kaum erblickten sie ihren Herren, als sie noch ärger als das Volk im tollsten Gelächter schrien: „Klein Zaches – Klein Zaches – Wurzelmann – Däumling – Alraun!“ -

Der Minister schien erst jetzt zu gewahren, daß der tolle Spuk auf der Straße niemand anderm gelte, als ihm selbst. Er riß das Fenster auf, schaute mit zornfunkelnden Augen herab, schrie, raste, machte seltsame Sprünge vor Wut – drohte mit Wache – Polizei – Stockhaus und Festung.

Aber je mehr die Exzellenz tobte im Zorn, desto ärger wurde Tumult und Gelächter, man fing an mit Steinen – Obst – Gemüse oder was man eben zur Hand bekam, nach dem unglücklichen Minister zu werfen – er mußte hinein! -

„Gott im Himmel,“ rief der Kammerdiener entsetzt, „aus dem Fenster der gnädigen Exzellenz kuckte ja das kleine abscheuliche Ungetüm heraus – Was ist das? – wie ist der kleine Hexenkerl in die Zimmer gekommen?“ – Damit rannte er hinauf, aber so wie vorher fand er das Schlafkabinett des Ministers fest verschlossen. Er wagte leise zu pochen! – Keine Antwort! -

Indessen war, der Himmel weiß, auf welche Weise, ein dumpfes Gemurmel im Volke entstanden, das kleine lächerliche Ungetüm dort oben sei wirklich Klein Zaches, der den stolzen Namen Zinnober angenommen und sich durch allerlei schändlichen Lug und Trug aufgeschwungen. Immer lauter und lauter erhoben sich die Stimmen. „Hinunter mit der kleinen Bestie – hinunter – klopft dem Klein Zaches die Ministerjacke aus – sperrt ihn in den Käficht – laßt ihn für Geld sehen auf dem Jahrmarkt! – Beklebt ihn mit Goldschaum und beschert ihn den Kindern zum Spielzeug! – Hinauf – hinauf!“ – Und damit stürmte das Volk an gegen das Haus.

Der Kammerdiener rang verzweiflungsvoll die Hände. „Rebellion – Tumult – Exzellenz – machen Sie auf – retten Sie sich!“ – so schrie er; aber keine Antwort, nur ein leises Stöhnen ließ sich vernehmen.

Die Haustüre wurde eingeschlagen, das Volk polterte unter wildem Gelächter die Treppe herauf.

„Nun gilt's," sprach der Kammerdiener und rannte mit aller Macht an gegen die Türe des Kabinetts, daß sie klirrend und rasselnd aus den Angeln sprang. – Keine Exzellenz – kein Zinnober zu finden! -

„Exzellenz – gnädigste Exzellenz – vernehmen Sie denn nicht die Rebellion? – Exzellenz – gnädigste Exzellenz, wo hat sie denn der – Gott verzeih' mir die Sünde, wo geruhen Sie sich denn zu befinden!"

So schrie der Kammerdiener, in heller Verzweiflung durch die Zimmer rennend. Aber keine Antwort, kein Laut, nur der spottende Widerhall tönte von den Marmorwänden. Zinnober schien spurlos, tonlos verschwunden. – Draußen war es ruhiger geworden, der Kammerdiener vernahm die tiefe klangvolle Stimme eines Frauenzimmers, die zum Volke sprach, und gewahrte, durchs Fenster blickend, wie die Menschen nach und nach, leise miteinander murmelnd, das Haus verließen, bedenkliche Blicke hinaufwerfend nach den Fenstern.

„Die Rebellion scheint vorüber," sprach der Kammerdiener, „nun wird die gnädige Exzellenz wohl hervorkommen aus ihrem Schlupfwinkel."

Er ging nach dem Schlafkabinett zurück, vermutend, dort werde der Minister sich doch wohl am Ende befinden.

Er warf spähende Blicke rings umher, da wurde er gewahr, wie aus einem schönen silbernen Henkelgefäß, das immer dicht neben der Toilette zu stehen pflegte, weil es der Minister als ein teures Geschenk des Fürsten sehr wert hielt, ganz kleine dünne Beinchen hervorstarrten.

„Gott – Gott," schrie der Kammerdiener entsetzt, „Gott! – Gott! – täuscht mich nicht alles, so gehören die Beinchen dort Sr. Exzellenz dem Herrn Minister Zinnober, meinem gnädigen Herrn!" – Er trat hinan, er rief, durchbebt von allen Schauern des Schrecks, indem er herabschaute: „Exzellenz – Exzellenz – um Gott, was machen Sie – was treiben Sie da unten in der Tiefe!"

Da aber Zinnober still blieb, sah der Kammerdiener wohl die Gefahr ein, in der die Exzellenz schwebte, und daß es an der Zeit sei, allen Respekt beiseite zu setzen. Er packte den Zinnober bei den Beinchen – zog ihn heraus! – Ach tot – tot war die kleine Exzellenz! Der Kammerdiener brach aus in lautes Jammern; der Jäger, die Dienerschaft eilte herbei, man rannte nach dem Leibarzt des Fürsten. Indessen trocknete der Kammerdiener seinen armen unglücklichen Herrn ab mit saubern Handtüchern, legte ihn ins Bett, bedeckte ihn mit seidenen Kissen, so daß nur das kleine verschrumpfte Gesichtchen sichtbar blieb.

Hinein trat nun das Fräulein von Rosenschön. Sie hatte erst, der Himmel weiß, auf welche Art, das Volk beruhigt. Nun schritt sie zu auf den entseelten Zinnober, ihr folgte die alte Liese, des kleinen Zaches leibliche Mutter. – Zinnober sah in der Tat hübscher aus im Tode, als er jemals in seinem ganzen Leben ausgesehen. Die kleinen Äugelein waren geschlossen, das Näschen sehr weiß, der Mund zum sanften Lächeln ein wenig verzogen, aber vor allen Dingen wallte das dunkelbraune Haar in den schönsten Locken herab. Über das Haupt hin strich das Fräulein den Kleinen, und in dem Augenblick blitzte in mattem Schimmer ein roter Streif hervor.

„Ha," rief das Fräulein, indem ihr die Augen vor Freude glänzten, „ha, Prosper Alpanus! – hoher Meister, du hältst Wort! – Verbüßt ist sein Verhängnis und mit ihm alle Schmach!"

„Ach," sprach die alte Liese, „ach du lieber Gott, das ist ja doch wohl nicht mein kleiner Zaches, so hübsch hat der niemals ausgesehen. Da bin ich doch nun ganz umsonst nach der Stadt gegangen, und Ihr habt mir gar nicht gut geraten, mein gnädiges Fräulein!" -

„Murrt nur nicht, Alte," erwiderte das Fräulein, „hättet Ihr nur meinen Rat ordentlich befolgt, und wäret Ihr nicht früher, als ich hier war, in dies Haus gedrungen, alles stünde für Euch besser. – Ich wiederhole es, der Kleine, der dort tot im Bette liegt, ist gewiß und wahrhaftig Euer Sohn, Klein Zaches!"

„Nun," rief die Frau mit leuchtenden Augen, „nun wenn die kleine Exzellenz dort wirklich mein Kind ist, so erb' ich ja wohl all die schönen Sachen, die hier rings umherstehen, das ganze Haus mit allem, was drinnen ist?"

„Nein," sprach das Fräulein, „das ist nun ganz und gar vorbei, Ihr habt den rechten Augenblick verfehlt, Geld und Gut zu gewinnen. – Euch ist, ich habe es gleich gesagt, Euch ist nun einmal Reichtum nicht beschieden." -

„So darf ich," fuhr die Frau fort, indem ihr die Tränen in die Augen traten, „so darf ich denn nicht wenigstens mein armes kleines Männlein in die Schürze nehmen und nach Hause tragen? – Unser Herr Pfarrer hat so viel hübsche ausgestopfte Vögelein und Eichkätzchen, der soll mir meinen Klein Zaches ausstopfen lassen, und ich will ihn auf meinen Schrank stellen, wie er da ist im roten Rock mit dem breiten Bande und dem großen Stern auf der Brust, zum ewigen Andenken!" -

„Das ist," rief das Fräulein beinahe unwillig, „das ist ein ganz einfältiger Gedanke, das geht ganz und gar nicht an!" -

Da fing das Weib an zu schluchzen, zu klagen, zu lamentieren. „Was hab' ich," sprach sie, „nun davon, daß mein Klein Zaches zu hohen Würden, zu großem Reichtum gelangt ist! – Wär' er nur bei mir geblieben, hätt' ich ihn nur aufgezogen in meiner Armut, niemals wär' er in jenes verdammte silberne Ding gefallen, er lebte noch, und ich hätt' vielleicht Freude und Segen von ihm gehabt. Trug ich ihn so herum in meinem Holzkorb, Mitleiden hätten die Leute gefühlt und mir manches schöne Stücklein Geld zugeworfen, aber nun" -

Es ließen sich Tritte im Vorsaal vernehmen, das Fräulein trieb die Alte hinaus, mit der Weisung, sie solle unten vor der Türe warten, im Wegfahren wolle sie ihr ein untrügliches Mittel vertrauen, wie sie all ihre Not, all ihr Elend mit einemmal enden könne.

Nun trat Rosabelverde noch einmal dicht an den Kleinen heran und sprach mit der weichen bebenden Stimme des tiefen Mitleids:

„Armer Zaches! – Stiefkind der Natur! – ich hatt' es gut mit dir gemeint! – Wohl mocht' es Torheit sein, daß ich glaubte, die äußere schöne Gabe, womit ich dich beschenkt, würde hineinstrahlen in dein Inneres und eine Stimme erwecken, die dir sagen müßte: Du bist nicht der, für den man dich hält, aber strebe doch nur an, es dem gleichzutun, auf dessen

Fittichen du Lahmer, Unbefiederter dich aufschwingst! – Doch keine innere Stimme erwachte. Dein träger toter Geist vermochte sich nicht emporzurichten, du ließest nicht nach in deiner Dummheit, Grobheit, Ungebärdigkeit – Ach! – wärst du nur ein geringes Etwas weniger, ein kleiner ungeschlachter Rüpel geblieben, du entgingst dem schmachvollen Tode! – Prosper Alpanus hat dafür gesorgt, daß man dich jetzt im Tode wieder dafür hält, was du im Leben durch meine Macht zu sein schienst. Sollt' ich dich vielleicht gar noch wiederschauen als kleiner Käfer – flinke Maus oder behende Eichkatze, so soll es mich freuen! – Schlafe wohl, Klein Zaches!" -

Indem Rosabelverde das Zimmer verließ, trat der Leibarzt des Fürsten mit dem Kammerdiener hinein.

„Um Gott," rief der Arzt, als er den toten Zinnober erblickte und sich überzeugte, daß alle Mittel, ihn ins Leben zu rufen, vergeblich bleiben würden, „um Gott, wie ist das zugegangen, Herr Kämmerer?"

„Ach," erwiderte dieser, „ach, lieber Herr Doktor, die Rebellion oder die Revolution, es ist all eins, wie Sie es nennen wollen, tobte und hantierte draußen auf dem Vorsaale ganz fürchterlich. Se. Exzellenz, besorgt um ihr teures Leben, wollten gewiß in die Toilette hineinflüchten, glitschten aus und" -

„So ist," sprach der Doktor feierlich und bewegt, „so ist er aus Furcht zu sterben gar gestorben!"

Die Türe sprang auf, und hinein stürzte Fürst Barsanuph mit verbleichtem Antlitz, hinter ihm her sieben noch bleichere Kammerherrn.

„Ist es wahr, ist es wahr?" rief der Fürst; aber sowie er des Kleinen Leichnam erblickte, prallte er zurück und sprach, die Augen gen Himmel gerichtet, mit dem Ausdruck des tiefsten Schmerzes: „O Zinnober!" – Und die sieben Kammerherrn riefen dem Fürsten nach: „O Zinnober!" und holten, wie es der Fürst tat, die Schnupftücher aus der Tasche und hielten sie sich vor die Augen.

„Welch ein Verlust," begann nach einer Weile des lautlosen Jammers der Fürst, „welch ein unersetzlicher Verlust für den Staat! – Wo einen Mann finden, der den Orden des grüngefleckten Tigers mit zwanzig Knöpfen mit *der* Würde trägt, als mein Zinnober! – Leibarzt, und Sie konnten mir *den* Mann sterben lassen! – Sagen Sie – wie ging das zu, wie mochte das geschehen – was war die Ursache – woran starb der Vortreffliche?" -

Der Leibarzt beschaute den Kleinen sehr sorgsam, befühlte manche Stellen ehemaliger Pulse, strich das Haupt entlang, räusperte sich und begann: „Mein gnädigster Herr! Sollte ich mich begnügen, auf der Oberfläche zu schwimmen, ich könnte sagen, der Minister sei an dem gänzlichen Ausbleiben des Atems gestorben, dies Ausbleiben des Atems sei bewirkt durch die Unmöglichkeit Atem zu schöpfen, und diese Unmöglichkeit wieder nur herbeigeführt durch das Element, durch den Humor, in den der Minister stürzte. Ich könnte sagen, der Minister sei auf diese Weise einen humoristischen Tod gestorben, aber fern von mir sei diese Seichtigkeit, fern von mir die Sucht, alles aus schnöden physischen Prinzipien erklären zu wollen, was nur im Gebiet des rein Psychischen seinen natürlichen unumstößlichen Grund findet. – Mein gnädigster Fürst, frei sei des Mannes Wort! – Den ersten Keim des Todes fand der Minister im Orden des grüngefleckten Tigers mit zwanzig Knöpfen!" -

„Wie," rief der Fürst, indem er den Leibarzt mit zornglühenden Augen anfunkelte, „wie! – was sprechen Sie? – der Orden des grüngefleckten Tigers mit zwanzig Knöpfen, den der Selige zum Wohl des Staats mit so vieler Anmut, mit so vieler Würde trug? – *der* Ursache seines Todes? – Beweisen Sie mir das, oder – Kammerherrn, was sagt ihr dazu?"

„Er muß beweisen, er muß beweisen, oder" – riefen die sieben blassen Kammerherrn, und der Leibarzt fuhr fort:

„Mein bester gnädigster Fürst, ich werd' es beweisen, also kein *oder*! – Die Sache hängt folgendermaßen zusammen: Das schwere Ordenszeichen am Bande, vorzüglich aber die Knöpfe auf dem Rücken wirkten nachteilig auf die Ganglien des Rückgrats. Zu gleicher Zeit verursachte der Ordensstern einen Druck auf jenes knotige fadichte Ding zwischen dem Dreifuß und der obern Gekröspulsader, das wir das Sonnengeflecht nennen, und das in dem labyrinthischen Gewebe der Nervengeflechte prädominiert. Dies dominierende Organ steht in der mannigfaltigsten Beziehung mit dem Zerebralsystem, und natürlich war der Angriff auf die Ganglien auch diesem feindlich. Ist aber nicht die freie Leitung des Zerebralsystems die Bedingung des Bewußtseins, der Persönlichkeit, als Ausdruck der vollkommensten Vereinigung des Ganzen in einem Brennpunkt? Ist nicht der Lebensprozeß die Tätigkeit in beiden Sphären, in dem Ganglien- und Zerebralsystem? – Nun! genug, jener Angriff störte die Funktionen des psychischen Organism. Erst kamen finstre Ideen von unerkannten Aufopferungen für den Staat durch das schmerzhafte Tragen jenes Ordens u.s.w., immer verfänglicher wurde der Zustand, bis gänzliche Disharmonie des Ganglien- und Zerebralsystems endlich gänzliches Aufhören des Bewußtseins, gänzliches Aufgeben der Persönlichkeit herbeiführte. Diesen Zustand bezeichnen wir aber mit dem Worte *Tod*! – Ja, gnädigster Herr! – der Minister hatte bereits seine Persönlichkeit aufgegeben, war also schon mausetot, als er hineinstürzte in jenes verhängnisvolle Gefäß. – So hatte sein Tod keine physische, wohl aber eine unermeßlich tiefe psychische Ursache.“ -

„Leibarzt,“ sprach der Fürst unmutig, „Leibarzt, Sie schwatzen nun schon eine halbe Stunde, und ich will verdammt sein, wenn ich eine Silbe davon verstehe. Was wollen Sie mit Ihrem Physischen und Psychischen?“

„Das physische Prinzip,“ nahm der Arzt wieder das Wort, „ist die Bedingung des rein vegetativen Lebens, das psychische bedingt dagegen den menschlichen Organism, der nur in dem Geiste, in der Denkkraft das Triebrad der Existenz findet.“

„Noch immer,“ rief der Fürst im höchsten Unmut, „noch immer verstehe ich Sie nicht, Unverständlicher!“

„Ich meine,“ sprach der Doktor, „ich meine, Durchlauchtiger, daß das Physische sich bloß auf das rein vegetative Leben ohne Denkkraft, wie es in Pflanzen stattfindet, das Psychische aber auf die Denkkraft bezieht. Da diese nun im menschlichen Organism vorwaltet, so muß der Arzt immer bei der Denkkraft, bei dem Geist anfangen und den Leib nur als Vasallen des Geistes betrachten, der sich fügen muß, sobald der Gebieter es will."

„Hoho!" rief der Fürst, „hoho, Leibarzt, lassen Sie das gut sein! – Kurieren Sie meinen Leib, und lassen Sie meinen Geist ungeschoren, von dem habe ich noch niemals Inkommoditäten verspürt. Überhaupt, Leibarzt, Sie sind ein konfuser Mann, und stünde ich hier nicht an der Leiche meines Ministers und wäre gerührt, ich wüßte, was ich täte! – Nun Kammerherrn! vergießen wir noch einige Zähren hier am Katafalk des Verewigten und gehen wir dann zur Tafel."

Der Fürst hielt das Schnupftuch vor die Augen und schluchzte, die Kammerherrn taten desgleichen, dann schritten sie alle von dannen. Vor der Türe stand die alte Liese, welche einige Reihen der allerschönsten goldgelben Zwiebeln über den Arm gehängt hatte, die man nur sehen konnte. Des Fürsten Blick fiel zufällig auf diese Früchte. Er blieb stehen, der Schmerz verschwand aus seinem Antlitz, er lächelte mild und gnädig, er sprach: „Hab' ich doch in meinem Leben keine solche schöne Zwiebeln gesehen, die müssen von dem herrlichsten Geschmack sein. Verkauft Sie die Ware, liebe Frau?"

„O ja," erwiderte Liese mit einem tiefen Knix, „o ja, gnädigste Durchlaucht, von dem Verkauf der Zwiebeln nähre ich mich dürftig, so gut es gehn will! – Sie sind süß wie purer Honig, belieben Sie, gnädigster Herr?"

Damit reichte sie eine Reihe der stärksten glänzendsten Zwiebeln dem Fürsten hin. Der nahm sie, lächelte, schmatzte ein wenig und rief dann: „Kammerherrn! geb' mir einer einmal sein Taschenmesser her." Ein Messer erhalten, schälte der Fürst nett und sauber eine Zwiebel ab und kostete etwas von dem Mark.

„Welch ein Geschmack, welche Süße, welche Kraft, welches Feuer!" rief er, indem ihm die Augen glänzten vor Entzücken, „und dabei ist es mir, als säh' ich den verewigten Zinnober vor mir stehen, der mir zuwinkte und zulispelte: Kaufen Sie – essen Sie diese Zwiebeln, mein Fürst – das Wohl des Staats erfordert es!“ – Der Fürst drückte der alten Liese ein paar Goldstücke in die Hand, und die Kammerherrn mußten sämtliche Reihen Zwiebeln in die Taschen schieben. Noch mehr! – er verordnete, daß niemand anders die Zwiebellieferung für die fürstlichen Dejeuners haben sollte als Liese. So kam die Mutter des Klein Zaches, ohne gerade reich zu werden, aus aller Not, aus allem Elend, und gewiß war es wohl, daß ihr ein geheimer Zauber der guten Fee Rosabelverde dazu verhalf.

Das Leichenbegängnis des Ministers Zinnober war eins der prächtigsten, das man jemals in Kerepes gesehen; der Fürst, alle Ritter des grüngefleckten Tigers folgten der Leiche in tiefer Trauer. Alle Glocken wurden gezogen, ja sogar die beiden Böller, die der Fürst behufs der Feuerwerke mit schweren Kosten angeschafft, mehrmals gelöst. Bürger – Volk - alles weinte und lamentierte, daß der Staat seine beste Stütze verloren und wohl niemals mehr ein Mann von dem tiefen Verstande, von der Seelengröße, von der Milde, von dem unermüdlichen Eifer für das allgemeine Wohl, wie Zinnober, an das Ruder der Regierung kommen werde.

In der Tat blieb auch der Verlust unersetzlich; denn niemals fand sich wieder ein Minister, dem der Orden des grüngefleckten Tigers mit zwanzig Knöpfen so an den Leib gepaßt haben sollte, wie dem verewigten unvergeßlichen Zinnober.

Letztes Kapitel

Wehmütige Bitten des Autors. – Wie der Professor Mosch Terpin sich beruhigte und Candida niemals verdrießlich werden konnte. – Wie ein Goldkäfer dem Doktor Prosper Alpanus etwas ins Ohr summte, dieser Abschied nahm und Balthasar eine glückliche Ehe führte.

Es ist nun an dem, daß der, der für dich, geliebter Leser, diese Blätter aufschreibt, von dir scheiden will, und dabei überfällt ihn Wehmut und

Bangen. – Noch vieles, vieles wüßte er von den merkwürdigen Taten des kleinen Zinnober, und er hätte, wie er denn nun überhaupt zu der Geschichte aus dem Innern heraus unwiderstehlich angeregt wurde, wahre Lust daran gehabt, dir, o mein Leser, noch das alles zu erzählen. Doch! – rückblickend auf alle Ereignisse, wie sie in den neun Kapiteln vorgekommen, fühlt er wohl, daß darin schon so viel Wunderliches, Tolles, der nüchternen Vernunft Widerstrebendes enthalten, daß er, noch mehr dergleichen anhäufend, Gefahr laufen müßte, es mit dir, geliebter Leser, deine Nachsicht mißbrauchend, ganz und gar zu verderben. Er bittet dich in jener Wehmut, in jenem Bangen, das plötzlich seine Brust beengte, als er die Worte: „Letztes Kapitel" schrieb, du mögest mit recht heitrem, unbefangenem Gemüt es dir gefallen lassen, die seltsamen Gestaltungen zu betrachten, ja sich mit ihnen zu befreunden, die der Dichter der Eingebung des spukhaften Geistes, Phantasus geheißen, verdankt, und dessen bizarrem, launischem Wesen er sich vielleicht zu sehr überließ. – Schmolle deshalb nicht mit beiden, mit dem Dichter und mit dem launischen Geiste! – Hast du, geliebter Leser, hin und wieder über manches recht im Innern gelächelt, so warst du in der Stimmung, wie sie der Schreiber dieser Blätter wünschte, und dann, so glaubt er, wirst du ihm wohl vieles zugute halten! -

Eigentlich hätte die Geschichte mit dem tragischen Tode des kleinen Zinnober schließen können. Doch ist es nicht anmutiger, wenn statt eines traurigen Leichenbegängnisses eine fröhliche Hochzeit am Ende steht?

So werde denn noch kürzlich der holden Candida und des glücklichen Balthasars gedacht. -

Der Professor Mosch Terpin war sonst ein aufgeklärter, welterfahrner Mann, der dem weisen Spruch: Nil admirari gemäß sich seit vielen, vielen Jahren über nichts in der Welt zu verwundern pflegte. Aber jetzt geschah es, daß er, all seine Weisheit aufgebend, sich immer fort und fort verwundern mußte, so daß er zuletzt klagte, wie er nicht mehr wisse, ob er wirklich der Professor Mosch Terpin sei, der ehemals die natürlichen Angelegenheiten im Staate dirigiert, und ob er noch wirklich, Kopf in die Höhe, auf seinen lieben Füßen einherspaziere.

Zuerst verwunderte er sich, als Balthasar ihm den Doktor Prosper Alpanus als seinen Oheim vorstellte und dieser ihm die Schenkungsurkunde vorwies, vermöge der Balthasar Besitzer des eine Stunde von Kerepes entfernten Landhauses nebst Waldung, Äcker und Wiesen wurde; als er in dem Inventario, kaum seinen Augen trauend, köstliche Gerätschaften, ja Gold- und Silberbarren erwähnt gewahrte, deren Wert den Reichtum der fürstlichen Schatzkammer bei weitem überstieg. Dann verwunderte er sich, als er den prächtigen Sarg, in dem Zinnober lag, durch Balthasars Lorgnette anschaute, und es ihm auf einmal war, als habe es nie einen Minister Zinnober, sondern nur einen kleinen ungeschlachten, ungebärdigen Knirps gegeben, den man fälschlicherweise für einen verständigen, weisen Minister Zinnober gehalten.

Bis auf den höchsten Grad stieg aber Mosch Terpins Verwunderung, als Prosper Alpanus ihn im Landhause umherführte, ihm seine Bibliothek und andere sehr wunderbare Dinge zeigte, ja selbst einige sehr anmutige Experimente machte mit seltsamen Pflanzen und Tieren.

Dem Professor ging der Gedanke auf, es sei wohl mit seinem Naturforschen ganz und gar nichts, und er säße in einer herrlichen bunten Zauberwelt wie in einem Ei eingeschlossen. Dieser Gedanke beunruhigte ihn so sehr, daß er zuletzt klagte und weinte wie ein Kind. Balthasar führte ihn sofort in den geräumigen Weinkeller, in dem er glänzende Fässer und blinkende Flaschen erblickte. Besser als in dem fürstlichen Weinkeller, meinte Balthasar, könne er hier studieren und in dem schönen Park die Natur hinlänglich erforschen.

Hierauf beruhigte sich der Professor.

Balthasars Hochzeit wurde auf dem Landhause gefeiert. Er – die Freunde Fabian – Pulcher – alle erstaunten über Candidas hohe Schönheit, über den zauberischen Reiz, der in ihrem Anzuge, in ihrem ganzen Wesen lag. – Es war auch wirklich ein Zauber, der sie umfloß, denn die Fee Rosabelverde, die, allen Groll vergessend, der Hochzeit als Stiftsfräulein von Rosenschön beiwohnte, hatte sie selbst gekleidet und mit den schönsten, herrlichsten Rosen geschmückt. Nun weiß man aber wohl, daß der Anzug gut stehen muß, wenn eine Fee dabei Hand anlegt. Außerdem hatte Rosabelverde der holden Braut einen prächtig funkelnden Halsschmuck verehrt, der eine magische Wirkung dahin äußerte, daß sie, hatte sie ihn umgetan, niemals über Kleinigkeiten, über ein schlecht genesteltes Band, über einen mißratenen Haarschmuck, über einen Fleck in der Wäsche oder sonst verdrießlich werden konnte. Diese Eigenschaft, die ihr der Halsschmuck gab, verbreitete eine besondere Anmut und Heiterkeit auf ihrem ganzen Antlitz.

Das Brautpaar stand im höchsten Himmel der Wonne, und – so herrlich wirkte der geheime weise Zauber Alpans – hatte doch noch Blick und Wort für die Herzensfreunde, welche versammelt. Prosper Alpanus und Rosabelverde, beide sorgten dafür, daß die schönsten Wunder den Hochzeitstag verherrlichten. Überall tönten aus Büschen und Bäumen süße Liebeslaute, während sich schimmernde Tafeln erhoben mit den herrlichsten Speisen, mit Kristallflaschen belastet, aus denen der edelste Wein strömte, welcher Lebensglut durch alle Adern der Gäste goß.

Die Nacht war eingebrochen, da spannen sich feuerflammende Regenbogen über den ganzen Park, und man sah schimmernde Vögel und Insekten, die sich auf und ab schwangen, und wenn sie die Flügel schüttelten, stäubten Millionen Funken hervor, die in ewigem Wechsel allerlei holde Gestalten bildeten, welche in der Luft tanzten und gaukelten und im Gebüsch verschwanden. Und dabei tönte stärker die Musik des Waldes, und der Nachtwind strich daher, geheimnisvoll säuselnd und süße Düfte aushauchend.

Balthasar, Candida, die Freunde erkannten den mächtigen Zauber Alpans, aber Mosch Terpin, halb berauscht, lachte laut und meinte, hinter allem stecke niemand anders, als der Teufelskerl, der Operndekorateur und Feuerwerker des Fürsten.

Schneidende Glockentöne erhallten. Ein glänzender Goldkäfer schwang sich herab, setzte sich auf Prosper Alpanus' Schulter und schien ihm leise etwas ins Ohr zu sumsen.

Prosper Alpanus erhob sich von seinem Sitz und sprach ernst und feierlich: „Geliebter Balthasar – holde Candida – meine Freunde! – Es ist nun an der Zeit – Lothos ruft – ich muß scheiden.“ -

Darauf nahte er sich dem Brautpaar und sprach leise mit ihnen. Beide, Balthasar und Candida, waren sehr gerührt, Prosper schien ihnen allerlei gute Lehren zu geben, er umarmte beide mit Inbrunst.

Dann wandte er sich an das Fräulein von Rosenschön und sprach ebenfalls leise mit ihr – wahrscheinlich gab sie ihm Aufträge in Zauber- und Feen-Angelegenheiten, die er willig übernahm.

Indessen hatte sich ein kleiner kristallner Wagen, mit zwei schimmernden Libellen bespannt, die der Silberfasan führte, aus den Lüften hinabgesenkt.

„Lebt wohl – lebt wohl!“ rief Prosper Alpanus, stieg in den Wagen und schwebte empor über die flammenden Regenbogen hinweg, bis sein Fuhrwerk zuletzt in den höchsten Lüften erschien wie ein kleiner funkelnder Stern, der sich endlich hinter den Wolken verbarg.

„Schöne Mongolfiere,“ schnarchte Mosch Terpin und versank, von der Kraft des Weines übermannt, in tiefen Schlaf.

- Balthasar, der Lehren des Prosper Alpanus eingedenk, den Besitz des wunderbaren Landhauses wohl nutzend, wurde in der Tat ein guter Dichter, und da die übrigen Eigenschaften, die Prosper rücksichts der holden Candida an dem Besitztum gerühmt, sich ganz und gar bewährten, Candida auch niemals den Halsschmuck, den ihr das Stiftsfräulein von Rosenschön als Hochzeitsgabe beschert, ablegte, so konnt' es nicht fehlen, daß Balthasar die glücklichste Ehe in aller Wonne und Herrlichkeit führte, wie sie nur jemals ein Dichter mit einer hübschen jungen Frau geführt haben mag -

So hat aber das Märchen von Klein Zaches genannt Zinnober nun wirklich ganz und gar ein fröhliches

Ende